AF284056

Klaus Funke · Ein einsames Haus

Sonderausgabe, September 2018
© by Klaus Funke
Herstellung und Verlag: BoD - Books on Demand, Norderstedt
Lektorat: Frieder Thomas, Pirna
Schrift 8/9 p Tahoma
ISBN:978-3-7528-4757-4
Einbandgestaltung: U. Tiedgen, Jena

Klaus Funke

Ein einsames Haus

Kriminalroman

Zum Autor: Klaus Funke, geboren in Dresden, ist ein bekannter Autor erfolgreicher Romane wie „Zeit für Unsterblichkeit" – „Der Teufel in Dresden" „Die Geistesbrüder" – „Heimgang" u.a. Mit dem kleinen Roman „Ein einsames Haus" legt er ein Buch aus seiner Krimireihe vor, zu der z.B. noch „Franzi", „Jacek Boehlich und die blonde Tote", „Jacek Boehlich und das Gold der Toten" u.a. gehören.

Eine Busverbindung nach Mielschdorf bestand schon seit Jahren nur eingeschränkt.

Vom Stadtrand fuhr jeden Tag, außer sonntags, ein Bus zweimal. Um zehn Uhr zehn und um fünfzehn Uhr zwanzig kam der Bus bei der früheren Schule in Mielschdorf an. Er fuhr dann noch eine Runde durch die umliegenden Dörfer des sogenannten Friedberger Hochlandes, sechs oder acht Dörfer, je nachdem, ob man die in den letzten Jahren zusammenge-legten Ortschaften mitzählte oder nicht, und kehrte dann zum Stadtrand zurück. Meist war es ein ausrangiertes älteres MAN-Modell. Aber noch ganz gut fahrtüchtig. Früher fuhren baufällige Klapperkästen der Marke IFA, verrostet und in hässlich hellem Gelb lackiert. Doch das war lange her. Fast fünfundzwanzig Jahre.

Die Insassen des Busses waren meistens Rentner oder solche, die kein eigenes Auto besaßen. Die meisten Bewohner des Hochlandes fuhren mit dem eigenen PKW in die Stadt zum Einkaufen oder zum Arzt oder um irgendwelche Besor-gungen machen oder abends sogar mal ins Kino oder ins Theater. Früher war das anders. Da war der Bus rappelvoll gewesen, kaum ein Plätzchen konnte man bekommen.

Jetzt kannte der Fahrer seine Fahrgäste. Manche sogar mit Namen. Er half den alten Leuten beim Ein- und Aussteigen, trug ihnen die schweren oder sperrigen Gegenstände.

In Mielschdorf machte er, wenn es sein Fahrplan erlaubte, eine kleinere Pause, aß seine Brote, einen Apfel oder eine Tomate, trank Kaffee aus einer Thermoskanne, machte manchmal einen Schwatz mit den Fahrgästen.

Heute, an einem Tag im Spätsommer, hatte er diese Zeit. Er schaute auf die Uhr, brummte zufrieden, blickte in den Innenrückspiegel. Eine Handvoll Fahrgäste wartete auf die Weiterfahrt. Eine ältere Dame war, als er abbremste, aufgestanden und kam von ganz hinten nach vorn. Sie hatte in jeder Hand eine schwere Einkaufstasche und auf dem Rücken einen kleinen Lederrucksack. Er kannte die Alte. Es war die Witwe Heinz. Hildrut Heinz. Ungefähr Anfang Sechzig. Ein wenig füllig, doch nicht zu sehr. Einer im Bus hatte mal zu ihr gesagt: Hildy, du mit deiner Rubensfigur... Er hatte sich das gemerkt, weil er zuerst nicht wusste, was damit gemeint war. Rubensfigur!? Später hatte er erfahren, da waren fleischige, ein wenig füllige Frauen gemeint, noch nicht zu alt, Frauen, in deren Körper noch Saft und Kraft steckte.

Die Hildy kam also nach vorn und der Fahrer, der eben seine Brote auspacken wollte, sprang auf.

Kommen Sie, Hildy! - er lachte verschmitzt - ich helfe Ihnen.

Er nahm ihr die Taschen ab, öffnete die vordere Tür mit einem „Zisch!" und geleitete die alte Frau ins Freie. Draußen angekommen, gab er ihr die Einkaufstaschen zurück, lachte noch einmal kurz auf und stieg wieder in seinen Bus. Rubensfigur, dachte er, als er sich hinter das Lenkrad zwängte. Warum die wohl keinen neuen Mann kriegt? Sieht doch noch ganz gut aus, die Hildy. Er wusste, vor zwei Jahren war ihr Mann, der in der Großstadt einen kleinen Verlag besessen hatte, an Prostata-Krebs gestorben. Kurz vorher waren die Beiden, die Hildy und ihr Mann, hierher nach Mielschdorf gezogen, in ein kleines unscheinbares Häuschen. Es sollte ihr Sommersitz werden. In der Stadt besaßen sie noch eine große Eigentumswohnung. Doch die Hildy hatte nach dem Tod ihres Mannes die Eigentumswohnung verkauft. Es gefiel ihr in Mielschdorf, in der dörflichen Einsamkeit, vielleicht auch der Trauer wegen. Nun wohnte sie in dem Häuschen, hatte es wie eine Puppenstube eingerichtet. Freilich mit der Zeit war es ihr zu still geworden. Doch, was sie für Pläne hatte, wusste keiner. Die Leute reden, aber wie das immer so ist: Genaues wusste keiner.

Frau Heinz lief den schmalen Wirtschaftsweg hinauf. Er stieg ein wenig an, ein paar scheinbar herrenlose Hühner gackerten und pickten am Wegesrand, eine Katze streunte kreuz und quer und sprang schließlich auf eine Mauer, unbewirtschaftete Bauerngehöfte säumten den Weg, man sah grasbewachsene Höfe, eingefallene Zäune, dann wieder drei kleine Mehrfamilienhäuser vom Anfang des alten Jahrhunderts, eines davon sogar mit einer Art Portal, die anderen mit

Steintreppen. Grauer Putz. Alte Ziegeldächer. Schmutzige Gardinen an den Fenstern. Die Witwe Heinz wohnte noch nicht lange genug in Mielschdorf, um die Bewohner alle zu kennen. Ein paar Namen wusste sie. Im Grunde war es ihr auch egal, sie war noch nie sehr neugierig gewesen. Sie dachte an nichts Bestimmtes. Sie hatte ein schönes Stück Fleisch vom Einkauf mitgebracht. Da würde eine gute Suppe daraus. Flüchtig sagte sie sich, einen richtigen Esser könnte sie schon gebrauchen oder einen, der mal das Gras im Gärtchen mähte und ein paar kleine Reparaturen im Hause machte. Der Wasserhahn gleich hinterm Haus war schon lange undicht, das Schloss vom Schuppen war gar nicht mehr zu gebrauchen und die Gartenpforte, jeden Tag ärgerte sie sich darüber... und immer den Reuschkat betteln. Das passte ihr nicht. Wegen jeder Kleinigkeit zum Nachbarn gehen...

Ah, da ist das Spritzenhaus. Es stand neben einem nicht sehr großen Löschteich. Auf dem Löschteich ein paar Enten. Sie wusste, das waren die Enten vom Spahn, Willi, einem Kleinbauern, der sein Höfchen gleich daneben hatte. „Freiwillige Feuerwehr Mielschdorf" stand auf einem rotweißen Plakat zu lesen, das, inzwischen halb zerrissen, an den grauen Holzlatten vom Spritzenhaus angebracht war.

Von hier, vom Spritzenhaus bis zu ihrem Häuschen, das von einer großen Linde halb verdeckt, kaum zu sehen war, waren es, wenn man über die kleine platzähnliche Erweiterung, die der Weg bildete, ging, nur noch ein paar Schritte.

Als sie an der Gartenpforte anlangte, sieht sie plötzlich einen unbekannten jungen Mann neben sich auftauchen. Komisch, sie sieht ihn ohne Verwunderung an und sie ist auch kein bisschen erschrocken. Er ist dunkelhaarig und zwei Köpfe größer als sie, gut aussehend, sogar ein bisschen so, als habe er Bildung.

Sie setzt ihre Taschen ab, sucht ihren Hausschlüssel. Findet ihn. Dann überlegt sie, murmelt wie zu sich: Eigentlich wollte ich den Reukschat fragen, ob er die Gartenpforte... sehen Sie... und sie rüttelte an dem morschen Holz. Da ist nicht mehr viel los...

Haben Sie so einen kleinen Rothaarigen gesehen?

Ich weiß nicht, sagte der junge Mann, wer soll das sein?

Na, das ist der Reukschat. Seit einer Woche bettle ich ihn schon... die Gartenpforte soll er mal reparieren. Ist doch keine Heldentat, oder?

Der junge Mann sagt nichts.

Die Frau schaut sich um, ruft erst nach links, dann nach rechts: Herr Reukschat! Herr Reukschat! Sie seufzt: Er hört nicht. Ist wiedermal auf und davon, der Kerl...

Wenn ich Ihnen derweil die Einkaufstaschen...?

Reintragen, meinen Sie?

Die Witwe hat zuerst nichts gesagt, sie ist stumm geblieben, so als ob sie es erwartet habe, dann, als der junge Mann sie mit hoch gezogenen Augenbrauen anblickt und den Mund spitzt, als ob er seine Frage wiederholen will, nickt sie:

Ja, ja reintragen. Das wäre nett... vielen Dank.

Der junge Mann ergreift die Taschen, die Witwe beeilt sich ihm voraus zu gehen, sie muss die Haustür öffnen. Er folgt ihr auf dem halb zugewachsenen mit Schieferplatten belegten Weg, links säumt ihn ein nicht sehr hoher Nussbaum, rechts ein paar Koniferen. Es ist warm und es riecht nach faulem Obst. Wespen und Fliegen schwirren. Dem jungen Mann treten Schweißtropfen auf die nackte gebräunte Haut. Am Hals schimmert ein Goldkettchen.

An der Haustür angekommen, stochert die Witwe im Schlüsselloch.

Sehen Sie, auch dieses Schloss funktioniert nicht richtig. Moment, ich hab´s gleich. Ist ein Ersatzschlüssel... hat der Reukschat zurechtgefeilt. Sie seufzt.

Der Mann setzt die Taschen ab, holt ein Taschentuch hervor, wischt sich Stirn und Hals. Schließlich geht die Tür mit einem Knarren auf. Die Witwe beschaut sich den jungen Mann von der Seite, als er an ihr vorbei geht. Sie scheint nicht unzufrieden, lächelt...

Vorsicht! ruft sie, die Schwelle ist niedrig und gleich hinter der Tür hängt eine Lampe.

Der Mann zieht den Kopf ein und tritt in das Halbdunkel des Vorraumes.

Sie sind neu in Mielschdorf? Suchen Sie Arbeit? Hier gibt es keine.

Sie war schnell hinter ihm in den halbdunklen Flur getreten, fast ein wenig zu schnell, ganz so, als ob sie fürchte, er könne etwas an sich nehmen oder eine unerwünschte Entdeckung machen.

Er antwortete nicht. Sein Hemd klebte ihm am Leibe. Unschlüssig stand er, wo er die Taschen absetzen solle.

Warten Sie, ich mache die Tür auf.

Sie öffnete die grau gestrichene Holztür, auf der sich innen zwei schwarzlackierte, handgeschmiedete Beschläge zeigten. Man sah in eine geräumige, mit schwarzen und weißen Fliesen ausgelegte Küche. Durch einen halb geschlossenen Laden drang seitwärts das Tageslicht ein.

Stellen Sie das hier ab. Sie zeigte auf einen groben Bauerntisch. Ich werde…

Eine graubraun gefleckte Katze rieb sich an ihren nackten Waden. Die Witwe trat an die Taschen heran, nahm den Rucksack ab und öffnete eine zweite Tür. Die Sonne drang in den Raum. Die Frau begann ihre Taschen auszupacken, ging in der Küche hin und her. Der junge Mann roch den Geruch ihrer Achseln.

Setzen Sie sich dort auf den Schemel. Ich gebe Ihnen gleich ein großes Glas von einem einheimischen Weißburgunder. Habe die Flasche erst gestern geöffnet.

Plötzlich stutzte sie. Sie hob die Nase, fuhr mit einem Finger über die Tischplatte. Man sah eine Fettspur. Jetzt entdeckte sie einen halb ausgewickelten Schinken auf der Anrichte des Küchenschrankes, daneben ein Küchenmesser.

Dieser Schweinehund! zischte die Witwe. Faul, aber meinen Schinken klauen…

Draußen, hinter der zum Garten geöffneten zweiten Tür, hörte man plötzlich sich entfernende Schritte.

So ein Lumpenkerl! rief die Frau und jagte hinaus in den Garten.

Der junge Mann folgte ihr mit den Augen. Sie lief schnell und ganz und gar zielgerichtet. Plötzlich sah er, dass eine unbekannte Person vor der alten Frau weglief - ein kleiner, grauhaariger, nicht mehr junger Mann in blauer Latzhose und rotschwarz kariertem Hemd. Der kleine Mann hetzte auf den Zaun zu, der das Anwesen vom Nachbargrundstück trennte. Aber die Witwe war schneller. Das Hausrecht verlieh ihr Flügel. Sie holte den Kleinen ein, hielt ihn fest und man sah sie miteinander sprechen, wiewohl man kein Wort deutlich verstehen konnte. Die Witwe war voller Zorn und Wut.

Mit der einen Hand wehrte der Mann den Griff der Witwe ab, sie andere war in der Brusttasche der Latzhose versteckt.

Diese zweite Hand zog jetzt die Witwe hervor und entriss ihr ein kleines Päckchen in der Größe eines Stückes Butter, das in eine kleine Plastiktüte eingewickelt war.

Der Mann in der Küche sah wie sie den kleinen Kerl losließ, wie der durch eine lose Latte im Zaun davon schoss. Sie rief ihm irgendetwas nach. Man konnte es nicht richtig verstehen. Es klang wie ein grobes Schimpfwort. Dann ging sie zum Zaun, untersuchte die lose Latte und kam mit dem kleinen Päckchen in der Hand ins Haus zurück.

Dieser kleine Mistkerl, sagte sie, als sie wieder in der Küche stand, für Reparaturen hat er keine Zeit, aber bei mir eindringen und ein Stück Schinken stibitzen. Na warte mein Lieber... sie drohte noch einmal mit der Faust in die Richtung des Entflohenen... dieses alte Vieh, fuhr sie empört fort, hat im Leben nie richtig gearbeitet, hält sich mit Gelegenheitsjobs über Wasser. Es schade für jede Münze, die ich ihm, gegeben habe... aber so ist das hier auf dem Dorf, erklärte sie nach einer kleinen Pause, in der sie einen blau gestrichenen Wandschrank geöffnet und zwei Keramikbecher herausgeholt hatte, man ist gezwungen Vertrauen zu haben, weil man aufeinander angewiesen ist, aber dann wird man hinters Licht geführt... in der Stadt holt man sich einen Handwerker, der kriegt sein Geld, zieht wieder ab und gut ist es, hier aber... sie machte eine wegwerfende Handbewegung. Wenn man ihn, den Kleinen, bestraft, bringt es nichts, er jault auf wie ein

Hund und eine Minute später kommt er wieder an, macht treue Hundeaugen und bietet einem irgendeine Nachbarschaftshilfe an... so ist er der Schlawiner, dieser Reukschat... und ich blödes altes Weib, die Hildy, verzeihe ihm.

Sie schaut sich den jungen Mann von oben bis unten an, macht dann eine halbe Wendung, ergreift eine Weinflasche, die irgendwo gestanden hat und gießt die Tonbecher voll.

Ja, Hildy werde ich genannt, sagt sie zu dem Mann und ein fröhliches Leuchten gleitet ihr über ihr Gesicht. Sie reicht ihm den einen Becher, nimmt selber den anderen in die Hand:

Na dann Prost! Der junge Mann hebt den Becher. Prost! sagt er und nippt an dem Wein.

Ja, ob Sie es glauben, „Hildy" rufen die Leute, immer nur „Hildy", schon seit ewigen Zeiten, dabei heiße ich eigentlich Hildrut. Das klingt ein wenig streng. Ein nordischer Name, wissen sie...

Ohne Übergang, schwadroniert sie weiter: Ich wette, Sie sind Ausländer!? Sie sehen so südländisch aus. Es gibt ja jetzt so viele Ausländer. Kommen alle hierher und denken, sie seien im Paradies...

Nein, nein, ich bin Deutscher, sagt der Mann und lächelt.

Nein, sowas, wie man sich täuschen kann, ich dachte weiß Gott Sie wäre Italiener, Grieche oder wenigstens Franzose.

Glauben Sie mir, ich bin an der Nordsee geboren.

Was Sie nicht sagen? Da hört man ja kein bisschen Norddeutsch durch?

Gut, vielleicht haben Sie ein bisschen recht mit dem Südländer. Meine Mutter hat kroatische Wurzeln. Ihre Eltern sind damals im Dritten Reich als Ustascha-Unterstützer nach Deutschland gekommen...

Ha! Wusste ich es doch! ruft die Witwe triumphierend aus, irgendwas Südliches steckt in Ihnen. Das hab ich gleich gesehen...

Oben am Dorfende, die Beckers, das ist eine Bauernwirtschaft. Die haben Mitte der Neunziger mal einen Jugo gehabt. Duncic hieß der. Miroslav mit Vornamen. Der hat bei denen die erste Zeit im Stall geschlafen. Weil der hatte solche Angst.

War vor dem Krieg da unten geflohen. Aber dann hat er bei den Beckers mitgearbeitet. Der konnte alles... jetzt ist wieder zurück in seine Heimat.

So! Aha. antwortet der Mann

Und wie heißen Sie?

Arne!

Arne? Und wie weiter?

Der Mann zögert ein wenig, dann sagt er, und es klingt erleichtert: Dührkamp.

Na, das ist ja mal ein Name. Die Witwe lacht.

Währenddessen holte sie verschieden Gegenstände aus den Einkaufstaschen, räumte sie in den Wandschrank und in verschiedene Fächer ihrer Küchenkommode: In Folie verpackte Handtücher, zwei im Doppelpack; ein Paket Nudeln, drei Büchsen Gulasch, drei Päckchen eingeschweißte Wurst, eine Flasche Tomatensaft, eine Portion Hartkäse, eine Plastikflasche Aufwaschmittel, einen Ring sogenannter Einweckgummis und eine Stange Zigaretten, Stuyvesant...

Sie kam zurück, die Weinflasche in der Hand.

Bleiben Sie nur sitzen... die (sie hielt die Flasche hoch) können wir durch eine neue ersetzen. Wein hab ich genug, ist auch Selbstgekelterter dabei... vom Nachbarn (sie zeigte irgendwohin), der hat einen kleinen Weinberg, wissen Sie. Wir sind ja hier so gut wie das nördlichste Weinanbaugebiet Deutschlands... wollten Sie nach Friedberg?

Das ist nicht so wichtig...

Arbeit gibt es dort genauso wenig wie hier bei uns. Auf dem Lande gibt es nix. Und in der Großstadt ist es heutzutage auch nicht besser... da haben Sie sich die falsche Gegend ausgesucht. Hätten nach Bayern gehen sollen.

Sie hantierte am Herd, hatte einen Topf mit Wasser daraufgestellt, verschiedene Knöpfe gedrückt, eine kleine rote Leuchte flammte auf.

Ist ein neuer Elektroherd, wissen Sie. Was das Stromnetz hier so hergibt. Wenn ich aber zur gleichen Zeit das Bügeleisen auf die höchste Stufe stelle, verabschiedet sich die Sicherung.

Aha, der Mann tat interessiert, nahm einen Schluck aus seinem Becher, sagte: Der Wein ist gar nicht schlecht...

Ob Sie bitte mal... ?

Was soll ich? Sagen Sie´s nur.

Ob Sie mal das Gartenschloss... oder das von der Haustür? Die Werkzeugkiste steht im Flur neben dem Schuhschränkchen. Das wär wirklich richtig nett...

Ich werde erst mal hinterm Haus meine Tiere füttern... machen Sie einstweilen nur, wir werden uns schon einig...

Was für Tiere? Große? Etwa einen Hund? Ich habe Angst vor Hunden.

Nein, nein, es sind nur ein kleine Tiere, Kaninchen... und drei Enten. Wissen Sie hier auf dem Lande muss man einfach Tiere haben, schon wegen der Abfälle und dem vielen Gras... mein Mann und ich, wir haben... sie brach ab, nahm einen kleine Sack mit Quetschhafer aus einer Holzkiste, die unter dem Fenster stand. Ging hinaus. Von draußen rief sie während sie sie sich gerade die Gartenschuhe anzog: In der Werkzeugkiste sind noch zwei komplett neue Schlösser. Der Reukschat sollte sie... wieder sprach sie den Satz nicht zu Ende. Es folgte ein Schimpfwort. Man hörte die Haustür zuschlagen.

Der Mann, der sich Dührkamp genannt hatte, trank seinen Becher aus, goss sich noch etwas nach, schaute sich in der Küche um. Es war eine einfache, aber adrett eingerichtete Bauernküche, vielleicht ein bisschen zu adrett und auf Bauernstil getrimmt. Nein, die Frau war keine Bäuerin, dazu wirkte sie zu städtisch. Und die Möbel waren handbemalt, die Farben aufeinander abgestimmt. Sie war sicher eine entschlossene Frau, die wusste, was sie wollte. Und sie schien auch ihre Wirkung zu kalkulieren. Der Mann hatte gesehen, wie sie ein paar Mal ihr volles dunkles Haar, das sie hochgebunden und zu einem sogenannten Flechtkranz gesteckt hatte, mit den Fingern ordnete, wie sie den Sitz ihres Büstenhalters kontrollierte und wie sie den Gürtel versuchte enger zu schnallen.

Vielleicht ist sie die Richtige, dachte er und stand auf.

14

Er schnappte sich die Werkzeugkiste und trat ins Freie. Die Sonne blendete ihn. Vorm Haus stellte er die Kiste ab, ging leise, darauf bedacht, wenig Geräusch zu machen, ums Haus.

Er sah die Hildy im Halbschatten unter Apfel- und Quittenbäumen stehen. Sie hatte ihr nacktes Bein auf die Deichsel eines alten Handwagens gestützt. Um sie herum mindestens fünfzehn Hühner, ebenso viele Enten, drei Gänse, im Hintergrund ein Schaf an einer langen Kette... das waren also ihre „paar" Tiere.

„Koommt, koommt, koommt..."

Sie warf das Getreide wie beim Säen im Halbkreis händeweise um sich. Das Federvieh rückte näher heran und pickte, gackerte und schnatterte durcheinander. Zu dem Schaf sagte sie beinahe zärtlich:

Warte nur, Gundolf, du kommst auch noch dran.

Sie bückte sich, um etwas aufzuheben und der Mann sah ihre weißen drallen Schenkel.

Sie sprach eine ganze Weile mit ihren Tieren. Er hätte wetten können, dass sie ihn bemerkt hatte, er stand ja kaum zehn Meter weg von ihr an der Hausecke, aber sie ließ sich nichts anmerken. Dann sagte sie einen bemerkenswerten Satz: Ja, wer mit mir auskommen will, der muss auch mit euch auskommen. Stimmts? „Koommt, koommt, koommt..."

Dührkamp ging zum Eingang zurück, er schaute in die Werkzeugkiste. Es sah schlimm und unordentlich darin aus, aber die zwei Schlösser waren vorhanden. Er nahm die Werkzeugkiste und ging an die Arbeit.

Nach einer Stunde war er fertig. Er hatte die beiden Schlösser gewechselt.

Als er in die Küche trat, stand die Witwe am Herd und kehrte ihm den Rücken zu.

Setzen Sie sich an den Tisch, sagte sie. Sie werden mit und essen. Samstags machen wir keine großen Umstände. Wir kriegen noch einen Tischgast. Der Bauer von gegenüber, der Willi, isst jeden Samstag bei mir. Er ist auch Witwer und damit er mal keine Büchse aufmachen muss, geb ich ihm was ab. Er ist ein ruhiger, bescheidener Mensch... er wird gleich kommen.

Sie deckte den Tisch. Dunkelblaue, weißgeblümte Fayence, dicke Gläser ohne Fuß, allerdings echtes Silberbesteck. Sie sah seinen Blick.

Ach, das ist noch von meiner Mutter, war mal vierteilig und für zwölf Leute. Jetzt fehlen drei große Löffel, zwei Kaffeelöffel, drei Messer und eine Gabel... es gibt nichts Besonderes, Kartoffeln und Schweinskopfsülze mit sauren Gurken und ein Kirschkompott hinterher...

Mögen Sie ein Omelette mit Pilzen drin, echte Wiesenchampignons, heute früh noch geschnitten, bevor ich in die Stadt gefahren bin, von der Wiese da oben... sie zeigte irgendwohin...

Ja. Gern.

Sie lächelte in sich hinein, sie hätte gedacht, er würde aus Höflichkeit und, weil er doch neu war, ablehnen und „nein, danke!" sagen.

Es klopfte und der Bauer von gegenüber trat ein. Es war ein vom Alter krumm gezogener, verhärmter Mann von sicherlich schon siebzig Jahren. Er trug eine speckige Ledermütze, einen verwaschenen Blaumann und hatte eine Lederschürze umgebunden. Als er den Fremden sah, grüßte er scheu, nahm die Mütze ab.

Die Witwe sah kurz auf. Ah, Willi... die Schürze nimmst du aber ab. Mit so einer Schweinerei setzt du dich nicht zu uns an den Tisch... - sie zeigte auf den jungen Mann, sagte:

Das ist Herr Dührkamp aus... aus... ach, ich weiß nicht, hab´s vergessen. Der junge Mann gab dem Bauern die Hand, nickte, ich bin der Arne Dührkamp.

Willi Spahn, antwortete der Alte. Er band die Schürze ab, wollte sich setzen

Das Dreckding häng mal raus in den Flur... oder tu es gleich vors Haus... so eine Schweinerei, Willi, du solltest dich was schämen, verstänkerst das ganze Haus.

Der Alte gehorchte. Er ging hinaus. Man hörte die Haustür. Als er wieder hereinkam, wirkte er erleichtert und froh: Hildy, was gibt es denn heute?

Wirst du schon sehen, setz dich… hast du dir deine Saupfoten gewaschen?

Joa.

Die Witwe trug auf. Den Bauern hatte sie nicht nach einem Omelette gefragt und der wunderte sich auch nicht, als der Fremde ein Omelett bekam und er nicht.

Der Alte, als er den Teller mit dem Sülzfleisch und den Kartoffel vor sich sah, zog kurzerhand ein Klappmesser aus der Hosentasche und begann Fleisch und Kartoffeln zu zerteilen.

Die Witwe sagte nichts, wünschte Guten Appetit und setzte sich an den Tisch. Das Omelette schmeckte dem jungen Mann ausgezeichnet und beinahe hätte er noch ein zweites erbeten. Man sah ihm an, dass er ein wenig ausgehungert war.

Die Katze war ihm auf den Schoß gesprungen und schnurrte gleich los. Er wusste nicht, ob er sie streicheln, füttern oder verjagen sollte. Katzen störten ihn im Allgemeinen nicht, wenn sie sich manierlich verhielten, allerdings vertrug er keine Anschmiegsamkeit oder Schmiererei, solche Zärtlichkeit war ihm zuwider.

Werfen Sie sie runter, wenn sie Sie stört… also, Sie sind wahrhaftig Deutscher und haben kroatische Wurzeln? Gut, ich frage Sie nicht, wo Sie herkommen.

Nun, von kroatischen Wurzeln würde ich nicht sprechen. Es waren schließlich nur die Vorfahren meiner Mutter…

Na immerhin… sie folgte seinem Blick, der zu einem Wandregal gewandert war, wo ein paar ältere Fotografien standen, darunter die eines jungen Mannes in Polizeiuniform.

Das ist Wolfram, mein Bruder, sagte sie, er war in den fünfziger- und sechziger Jahren Polizeioffizier in Leipzig. Er ist im letzten Jahr gestorben. Er war im Strafvollzug eingesetzt, wissen Sie, und hat das oft bedauert. Eine trostlose Arbeit, hat er manchmal geklagt, ohne viel Freude.

Dührkamp sah die Witwe an, und auf einmal war in diesem Blick auf beiden Seiten ein jähes Verstehen. Die Frau senkte den Kopf und stocherte in ihrem Essen… sie hob den Kopf:

Schmeckt Ihnen das Omelette?

Oh ja, es ist ausgezeichnet, auch die Pilze.

Das freut mich.

Sie aßen. Der Bauer hatte noch nicht ein Wort gesagt, sein Teller war fast leer.

Willst du noch? fragte die Witwe.

Nee, ich nehm dos Kompotte. Danke schön, Hildy.

Der junge Mann musste lächeln. Oh, das Bäuerlein versucht, dachte er, sicherlich ganz gegen seine Gewohnheit, höflich zu sein und Manieren zu zeigen. Das wirkt komisch.

Die Witwe hatte dieses Lächeln verstanden. Ja, sagte sie, unser Willi, ist heute besonders brav. Erst schafft er die Schürze raus und dann bedankt er sich, als hätte er den Knigge studiert.

Der über den sie sprach, hatte nichts verstanden. Wos sull ´ch gelesen habn? fragte er.

Ach nichts, lachte die Witwe und der junge Mann lachte mit. Sie sahen sich wieder in die Augen. Und auf einmal war da ein unausgesprochenes Einverständnis.

Ich mach Ihnen noch ein Omelette. Wollen sie?

Sie weiß im Voraus, dass er „Ja, bitte!" sagen werde, und so springt sie fast ein wenig jugendlich auf und geht zum Herd.

Der Alte besieht sich den jungen Mann von der Seite. Von wuher komm´n Se glei?

Dührkamp denkt an den alten Western *„Die glorreichen Sieben*", den er als Junge mal gesehen hat und deutet mit dem Daumen hinter sich…

Un wohin wull´n Se? fragt prompt das Bäuerlein

Dührkamp deutet mit dem Zeigefinger nach vorn.

Der Alte begreift nicht. Nu weeß´ ch aber nischte mehr, sagt er.

Die Witwe am Herd hat die Unterhaltung verfolgt. Sie muss wieder lachen.

Hinter der verglasten Tür der alten Wanduhr pendelt die Messingscheibe hin und her. Und mit diesem Hin und Her blitzt jedes Mal ein kleiner Sonnenstrahl auf. Es riecht nach dem Omelette in der Pfanne. Die Katze beobachtet ihre Herrin. Ihr Schwanz zuckt.

Mögen Sie es das Omelette ein wenig durchgebacken?

Ja, bitte, es kann schon ein wenig schärfer gebraten sein.

Gut. Wie der Herr wünschen...

Wie der Herr wünschen, häh, häh – das Bäuerlein amüsiert sich, äfft die Witwe nach. Mensch! er stößt den jungen Mann an, de Hildy schmeißt sich aber ran. Ham Se ihr etwa de Schlösser gwechselt?

Dührkamp antwortet nicht. Er beschaut sich die Rückfront der Witwe. Die ist noch gut in Saft und Kraft, denkt er, die wird im Bett nicht gleich schlappmachen und auch sonst was vertragen. Und sie kann schweigen, sie verrät einen nicht. Das ist das Wichtigste. Und er denkt daran, wie die Witwe zu dem Bäuerlein gesagt hat, sie wüsste nicht, wo er herkäme, der Fremde, sie habe es vergessen... dabei muss es ihr doch komisch vorgekommen sein, dass er, der sich Dührkamp nennt, ihr nicht verraten habe, wo er herkomme... wer etwas zu verbergen hat, wird seine Gründe haben, wird sie gedacht und sich gesagt haben: Da bin ich still. Den verrat ich nicht. Der will nicht sagen, wo er herkommt... aber, er wird es mir schon noch sagen, hat sie gedacht, ich erfahre es. Recht hat sie, er wird es ihr sagen, sie wird es erfahren. Später, wenn die Zeit gekommen ist und er sie wirklich geprüft haben wird...

Mögen Sie keine Schweinskopfsülze? ... und Sie kommen von weit her? Die Witwe versucht es wieder. Sie legt ein Stück Fleisch auf den Teller, dazu Gurke und Zwiebel.

Ja, es ist schon ein Stück entfernt.

Und Geld haben Sie auch keines mehr?

Der Mann stülpt seine Hosentaschen um. Ein Geldstück fällt heraus. Es ist eine 1-Pfennig-Münze. Der Mann bückt sich, hebt die Münze auf, hält sie hoch, legt sie auf den Tisch.

Eine Anzahlung für Ihre Bewirtung.

Wir werden sehen, sagt die Witwe, vielleicht schauen Sie sich erst einmal den Wasserhahn hinterm Haus an. Den krieg ich nicht mehr dicht. Und das Wasser, das da rausläuft hab ich später auf der Rechnung. Ersatzteile und Werkzeuge liegen im Schuppen. Das Schloss vom Schuppen funktioniert auch nicht mehr. Wenn Sie noch etwas brauchen, der Reukschat nebenan hat ein halbes Materiallager. Ich wette, er lauert, dass Sie bei ihm anklopfen. Den bringt die Neugierde um. Ach und dann... im Schuppen steht ein Benzinrasenmäher. Es wär super, wenn Sie den auch...

Der junge Mann seufzt, aber er sagt nichts.

Hildy ist inzwischen aufgestanden, den Kaffee zu holen. Sie stellt Dührkamp und dem Bäuerlein eine Tasse hin, gießt sich selber ein. Trinkt in kleinen Schlucken. Über den Tassenrand mustert sie ihren Gast.

Die Leute werden sagen, jetzt hat sie endlich einen Dummen gefunden, der bei ihr alles in Ordnung bringt... und wie werden sie erst tratschen, wenn der Kerl morgen früh immer noch da ist... sie wirft Dührkamp einen schnellen Blick zu. Doch der reagiert nicht, tut, als ob er nichts gehört habe. Dabei ist dieser Blick alles andere als ein bloßer Prüfblick gewesen. Es war ein Blick, der den Mann von oben bis unten in Besitz nahm.

Aber es war noch mehr, er sollte ihr zeigen: Ich habe keine Angst vor Dir. Wenn ich auch einsam bin, hier in diesem Haus, ich habe keine Angst. Im Gegenteil, Du kommst mir gerade recht. Ich kann dich brauchen...

Sie brachte eine kleine Flasche Schnaps.

Ein Gläschen voll? Dem Alten geb ich nichts. Der verliert den letzten Rest Verstand.

Sie goss ihm einen Fingerbreit ein. Er trank.

Schauen wir uns mal den Mäher an, sagte er und stand auf.

Wo? Im Schuppen?

Ja, ich komm gleich nach, will nur hier ein wenig aufräumen... Komm, Willi, geh nach Hause. Der Alte war im Sitzen eingeschlafen. Sie rüttelte ihn. Komm, nimm deine Stinkschürze und geh... Zittrig stand das Bäuerlein auf, rieb sich die Augen und strebte ins Freie.

Im Schuppen, der nur von dünnen Lichtstrahlen, beleuchteten Staubfäden, schwach beleuchtet wurde, sah der Mann eine heillose Unordnung. Es roch nach Staub, trockenem Holz und Mäusedreck. Staub über Staub, Spinnweben überall, Ersatzteile aller Art, Reifen, eine verrostete Sense, ein altes Fahrrad, verschiedene Fässer, alle leer.

Das passt ja prima, murmelte Dührkamp. Hier kann ich alles unterbringen, die Fässer sind ideal geeignet, ein bisschen alten Teer oben drauf, kein Mensch käme auf die Idee... er zuckte zusammen, plötzlich stand die Witwe in der Tür...

Da wollen wir mal versuchen, das Monstrum in Gang zu bringen, was? Er stieß mit dem Fuß an den Rasenmäher. Es gab einen trockenen Laut. Die rote Abdeckung polterte dumpf auf den Kehricht, das Stroh am Boden fing das Geräusch ab. Irgendwo huschte eine Maus.

Wir müssen ihn erst einmal raus ins Helle bringen, im Schuppen ist kein Licht, schlug die Witwe vor.

Ja gut, das stimmt, packen Sie mal mit an.

Sie wuchteten mit vereinten Kräften den staubigen, verdreckten Mäher ins Freie.

Wer hat denn den zuletzt in den Händen gehabt?

Na, wer wohl? Der Reukschat, der Lumpenkerl. Die Witwe schickte noch ein paar Beschimpfungen hinterher

Warten Sie, sagte der junge Mann, hier hinten ist eine Art Bedienungsanleitung und ein Montagebild aufgeklebt. Kaum noch zu lesen, ich versuch´s mal zu entziffern.

Vor dem Start Vergaser entlüften – Luftfilter überprüfen und reinigen – Mähwerk von Ästen und angetrocknetem Material befreien – Schnitthöhe an den seitlichen Stellschrauben einstellen – Vorsicht. Nicht in das laufende Mähwerk greifen – Mähmesser jährlich oder nach längerem Gebrauch schärfen – nur für Normalbenzin – Motorenwerke Hainichen GmbH – Ident-Nr. 33-67-456

Versuchen wir mal einen Start

Quatsch, der geht sowieso nicht.

Egal. Der junge Mann tippte am Vergaser, zog ein paar Mal am Startergriff. Der Mäher sprang nicht an. Er gab nur ein „Tuck-Tuck" von sich.

Ist überhaupt Benzin im Tank?

Ich glaube ja.

Gut, dann das ganze Programm... Ich fang mal mit dem Luftfilter an. Dann kommt der Vergaser dran.

Aber da muss wohl die Abdeckung komplett abgenommen werden. Da kommt man besser ran. Hier sind die Schrauben.

Beide hockten vor der Maschine. Die Nachmittagssonne brannte. Es roch nach Benzin und altem Gras. Der Schweiß trat ihnen aus allen Poren. Der junge Mann hatte sein Hemd ausgezogen und auf einen Ast gehängt.

Am alten Schulhaus hielt der Nachmittagsbus. Der Fahrer war nach dem letzten Fahrgast ausgestiegen und hatte es sich im Schatten bequem gemacht. Er aß ein Stück Kuchen, trank aus seiner Thermoskanne. In zehn Minuten würde er wieder zurückfahren. Gottseidank, nächste Woche fuhr er eine andere Linie. Urlaubsvertretung. Da wäre es nicht so langweilig.

Es war Ende August. Überall standen Äpfel-, Birnenbäume und alles andere in voller Reife. Die hohe Zeit von Wespen und Fruchtfliegen. Auf den Feldern ringsum war das Getreide gemäht. Der Wind pfiff über die Stoppelfelder. Die schönste Zeit des Jahres war vorbei.

Sie waren fast fertig mit der Rasenmäherinspektion.

Wir sollten einen kleinen Schluck Benzin über den Vergaser gießen, das mögen Vergaser, die lange nicht in Betrieb waren. Die werden trocken wie...

Hildy schaute den Mann misstrauisch an, sie war argwöhnisch. Blöde Witze machen, aber sonst... Viel Ahnung schien der Mann nicht zu haben. Ach, es war ein Elend. Ihr verstorbener Mann hätte sofort richtigen Rat gewusst. Und sie musste sich mit dem ganzen technischen Kram abquälen. Sie fühlte sich einsam und allein.

Holen Sie mal ein bisschen Benzin.

Ich hab keinen.

Na, dann gehen Sie zum Willi, der hat bestimmt welchen.

Nach ein paar Minuten kam sie mit einem kleinen Kännchen wieder.

Willi hat gesagt. Das hier ginge.

Dührkamp roch an dem Kännchen. Russenbenzin? Har er wahrscheinlich schon Jahre in seiner Scheune stehen. Ein Rest von den Tauschgeschäften damals

Wieso?

Er riecht so.

Er goss den Benzin über den Vergaser, tippte, bis keine Luftblasen mehr aufstiegen, zog den Startergriff.

Die Witwe hockte neben ihm und war voller Erwartung.

Nach zwei, drei Versuchen knatterte der Motor los, stieß kleine blaue Wölkchen aus.

Das hätten wir geschafft. Der junge Mann stand auf, wischte sich die Hände an einem Lappen ab. Schickte einen triumphierenden Blick Richtung Hildy, die immer noch neben dem Mäher hockte.

Sie sagte: Na Gott sei dank. Ein halbes Jahr war das Ding außer Betrieb... sie hob den Kopf, schaute Dührkamp ins Gesicht. Wo wollen Sie heute Nacht schlafen? Der letzte Bus ist eben abgefahren.

Er lächelte, was zeigte, dass er begriffen hatte. Seit dem Mittagessen verstanden sie sich.

Ich weiß nicht... vielleicht hier? Wo soll ich sonst hin?

Würden Sie auf dem Oberboden schlafen? Da hab ich noch eine alte Liege. Wenn mal meine Schwester kommt...

Warum nicht?

Und Sie würden alles reparieren und in Ordnung bringen, was ich Ihnen aufgezählt habe?

Ja. Und noch mehr, wenn es sich ergibt.

Das ist sehr schön, Herr... Herr...

Dührkamp.

Ja, Herr Dührkamp. Arne! Die Witwe lachte leise.

Wenn Sie sich nicht fürchten?

Vor wem soll ich mich fürchten?

Vor mir. Weil ich Ihnen doch noch kaum etwas von mir gesagt habe.

Oh, mein Gottchen. Vor Männern hab ich nie Angst gehabt.

Und wenn ich einer wäre, vor dem Sie Angst haben sollten?

Hab ich aber nicht.

Und wenn ich einer wäre, den die Polizei suchte?

Warum sollte Sie die Polizei suchen? Sie sehen, nehmen Sie es mir nicht übel, Sie sehen harmlos aus... ganz wie ein...

Na wie sehe ich aus?

Wie ein Jungchen aus gutem Hause.

Oh, vielen Dank... und wenn man mich dennoch suchte?

Haben Sie eine Frau vergewaltigt?

Nein.

Oder einen vor den Kopf gehauen?

Nein.

Oder eine wie mich um die Ersparnisse gebracht? Wiewohl Sie bei mir nichts finden würden, und nicht etwa, weil ich nichts hätte, sondern allein deshalb, sie würden es nicht finden. Hier findet keiner was. Im Leben nicht.

Beinahe hätte er: „Ich weiß!" gesagt, aber er antwortete wieder „Nein!"

Oder... oder... ach, ich weiß nicht.

Denken Sie nach. Gibt es nicht noch andere Verbrechen?

Oh ja, bestimmt. Viele sogar. Aber mit fällt nichts ein. Ich bin darin nicht geübt, Verbrechen aufzuzählen...

Und wie wäre es mit...

Womit? Na los, plötzlich keinen Mumm mehr?

Wie... Wie wäre es mit Bankraub? Oder einem Überfall auf einen Geldtransport?

Die Witwe schwieg. Sie beschaute den jungen Mann, stemmte die Fäuste in die Hüften, sagte: WAS?? Nein, nein, das glaub ich nicht. Und wo wäre denn dann Ihre Beute? So dicke Strümpfe oder ausgebeulte Taschen und Koffer haben Sie ja nicht. Oder steht ein Auto am Dorfrand? Bis zum Dach mit Geldscheinen vollgestopft. Nein, mein Lieber, wenn Sie schon ein Verbrecher sein wollen, dann sehen Sie eher wie ein Heiratsschwindler aus oder wie ein Trickbetrüger. Sie wissen, Taschenspielereien und so. Hütchenspieler. Nee, mein lieber Herr Arne – denken Sie sich was anderes aus. Bitte. Ich bin eine alte, erfahrene Frau, die das Leben und die Menschen kennt. Machen Sie mir nichts vor... und, wenn Sie es mir nichts sagen wollen, dann bitte, ich bin nicht so neugierig... lassen wir das...

Dennoch, die Ausgelassenheit und fröhliche Unbeschwertheit war wie weggeblasen, bei Beiden. Sie sahen sich ernst an.

Dührkamp sagte: Sie sind eine seltsame Frau...

Oh, Sie wundern sich, dass ich, obwohl noch voll und ganz ein Weib, keinen richtigen Mann habe, und nur Umgang mit solchen Halbverrückten und Dorftrotteln wie dem Reukschat und diesem Bäuerlein. Vielleicht denken Sie sogar, dass ich mich von denen bespringen lasse – in der Not frisst der Teufel Fliegen – oder wer weiß, was Sie noch so alles denken. Vielleicht sogar etwas Abartiges. Nein, nein diese Missgeburten haben keine Chancen bei mir, da kommen höchstens so etwas wie mütterliche Gefühle auf oder Mitleid. Ich bemuddle sie ein bisschen, gebe Ihnen kleine Aufgaben und das Gefühl, sie würden gebraucht, ich lade sie zum Essen ein, kann sie belobigen oder beschimpfen, je nachdem. Ja, mein Lieber, man wird wunderlich, wenn man keine richtige Familie mehr hat und keinen richtigen Mann... das ist alles.

Was wünschen sie denn heute zum Abendbrot? Soll ich einen Hahn schlachten? Der rebhuhnfarbige ist herrlich fett, fast wie ein Kapaun... bitte, ich will Sie nicht nötigen.

Dührkamp antwortete: Ja, gern, wenn es Ihnen keine Umstände macht. Nur, ein Fläschchen Wein müssten Sie dann schon noch spendieren.

Und sonst?

Ja gut, wir können es ja mal probieren – zum beiderseitigen Vorteil sozusagen. Ich bin sicherlich kein komplizierter Hausgenosse.

Und, während sie ihn wie einen eingefangenen Schafbock zum Haus zurückführte, sagte sie, ohne sich allerdings selber sehr ernst zu nehmen:

Sie werden mir ganz bestimmt keine Angst machen. Sie bestimmt nicht. Komme, was da wolle.

Sie traten über die Schwelle, die Witwe legte dem jungen Mann ihre Hand auf die Schulter. Es war klar, sie hatte von ihm Besitz ergriffen.

Geh gleich rechts. Neben der Küche ist das Bad. Da kannst du dich waschen und frisch machen... und nun duzte sie ihn auch noch in aller Selbstverständlichkeit.

Als er aus dem Bad kam, nahm sie ihn in Empfang und gab ihm einen roten Trainingsanzug, frische Unterwäsche, ein Handtuch und fragte: Das ist von meinem Mann, wird dir sicher passen. Nur, damit du was zum Wechseln hast. Deine Sachen von heute werde ich waschen. Die sind ja so durchgeschwitzt... Er stand ein wenig ratlos da. Sie fragte weiter: Sag mal, kannst du mit einer Schrotflinte umgehen? Wir haben hier so viele Wildkaninchen. Die Jagdbehörde kommt nicht nach... und als sie sein Gesicht sah: Keine Sorge, das machen hier fast alle... natürlich nicht im hellen Tage... und mit einer Schrotmühle kannst du auch umgehen? Das ist nichts weiter, nur ein Kasten mit einer Kurbel dran. Ich hab nämlich da hinten ein paar Säcke mit Getreide stehen. Wir müssten für das Federviel ein bisschen Futter schroten.

∞

Seine Bettstatt, eine ausgediente, grünbezogene Liege aus den Sechzigern, stand in einer Art Verschlag. Die Bretter der Dachverschalung waren nicht verputzt oder gestrichen, das rohe Holz, vielleicht ein bisschen gebeizt. Direkt über der Liege war eine Dachlucke. Man konnte im Liegen den Himmel sehen. Es roch nach Heu, trockenem Holz, ein bisschen nach Vermodertem, aber es war nicht unangenehm. Ferien auf dem Bauernhof, redete er sich ein.

Der Fußboden bestand aus Betonhohldielen und war mit einer mehligen Staubschicht bedeckt, man sah kleine Klümpchen von Mäusedreck, wenn man darüber lief, gab es immer feine Staubwölkchen. Geräusche aus dem Haus drangen, wenn die Bodenlucke geschlossen war, nicht bis hier herauf. Es herrschte eine feierliche, staubige Stille und man hatte das Gefühl, wie in Kindertagen, in einem Versteck zu liegen.

Er muss sich gewöhnen, dass der Übergang vom Tageslicht zur Nacht hier oben ganz und gar plötzlich geschieht. Eben noch war es hell, auf einmal finstere Nacht.

In einer Ecke des Bodengelasses, das durch Holzlatten vom übrigen Boden abgegrenzt war, stand ein einfacher Schrank, sicherlich so alt wie das ganze Haus, auf der Innenseite der Tür waren Bilder aufgeklebt, ausgeschnitten aus Illustrierten, Bilder von Modellen und Schauspielern, die heute sicher nicht mehr lebten oder als hochbetagte Rentner irgendwo ihr Dasein fristeten, Bilder von Leuten, die Dührkamp nicht kannte, auch Zeitungsartikel, darunter einer über den englischen Eisenbahnraub. Der Artikel war nicht vollständig, die Hälfte abgerissen. Im obersten Schub des Schrankes, dem Hutfach, fand er einen einzelnen Damenhandschuh und einen schwarzen Hutschleier, auf einem Kleiderbügel in der Mitte hing eine geblümte Schürze und im unteren Schub ein paar halbzerfallene, von den Mäusen zernagte Pantoffeln. Wer mochte hier oben zu Gast gewesen sein? Ob das Gegenstände der Schwester waren, von der die Witwe gesprochen hatte? Er wusste es nicht. Und, da er keine romantische Natur war, machte er sich auch keine Gedanken darüber.

Es gab hier oben weder eine Toilette, noch eine Waschgelegenheit, sodass er das Bad im Erdgeschoss benutzen musste. Das war im Falle eines dringenden Bedürfnisses problematisch, da er mehrere steile Treppen, mindestens zwei Türen und den Hausflur zu überwinden hatte. Da er die Verhältnisse noch nicht kannte, war es für ihn besonders am ersten Morgen beinahe ein Abenteuer, als er die steilen Treppen hinunter stieg, welche im ersten Abschnitt, zum Boden hin, wirklich nur zwei schmale Stiegen waren, er schlich an der Küche vorbei, wo er schon ein paar Scheite im Kamin lodern sah, zum Bad und zur Toilette. Auf dem Rückweg ging er dann kurz entschlossen in die Küche, nahm aus dem Wandschrank eine Tasse, goss sich aus einer blauweißen Kaffeekanne, ganz so, als wäre er hier schon zu Hause, Kaffee ein, suchte nach dem Würfelzucker... er war ziemlich unruhig, seine Hände zitterten ein wenig und er dachte daran, dass er heute Abend unbedingt die ersten Teile der Beute würde holen müssen. Verdammt, er hätte es schon gestern tun müssen. Die Alte hatte ihn zwar für heute nach dem Abendessen, wo es nun endlich den versprochenen Hahn geben sollte, zum Fernsehen eingeladen. Aber vielleicht schlief sie ja, vom vielen Fressen und vom Wein betäubt, wie es häufig bei alten Frauen vorkommt, im Sessel ein. Das wäre dann seine Gelegenheit, die er nutzen musste. Sollte sie erwachen, würde er sagen, er hätte sich Frischluft verschaffen müssen. Nein, er musste los, auf jeden Fall, er konnte die Beute unmöglich einen Tag länger in dem alten Versteck lassen. Was wäre, wenn man sie dort entdecken würde? Zwar glaubte er nicht daran, aber sicherer wäre sie nun mal nur in seiner Nähe. Und mit Unbehagen dachte er auch an seine beiden „alten Freunde". Die würden alles daran setzen, ihn zu finden und zu verfolgen, die wollten ihren Anteil, koste es, was es wolle... verdammt, die Zeit saß ihm im Nacken. Verdammt, verdammt, verdammt. Er konnte nicht so tun, als befände er sich hier im Paradies...

Neugierig trat er auf den Hof. Er war noch nicht ganz fertig angezogen, ungekämmt. Er hörte unter einem Schleppdach hinter dem Haus Geräusche, Rascheln und Rumpeln. Es war die Witwe. Sie war damit beschäftigt, irgendwelches Gerümpel hervorzusuchen. Einen ganzen Stapel hatte sie schon liegen. Das muss alles weg. Komm hilf mir, das in einen Sack zu tun. Später kommt der Knüchtel mit seiner Sammelkarre vorbei. Dem geben wir das mit.

Sie sah, dass er in seinen teuren Schuhen in dem feuchten Gras und Hühnermist herumlief.

In der Waschküche sind Gummistiefelgaloschen. Grüne! Die werden passen. Zieh die dir über, dann bring heißes Wasser mit, ich muss hier was einweichen.

Die Sonne war aufgegangen, aber der Nebel hing noch in den Bäumen.

Drüben trottete der Willi über seinen Hof. Er stierte herüber. Dann fuchtelte er mit den Armen und rief: Hildy! Eh Hildy, kannst du mir melken helfen. Es haben zwei neue abgekalbt. Da ist viel Milch.

Die Witwe seufzte, dann ging sie ins Haus und kam mit einer ungebundenen Schürze wieder heraus. Dem jungen Mann rief sie zu: Ich geh nur dem Willi die Kühe melken. Mach du mal das Futter für die Enten und Gänse fertig. Wie ich dir gesagt hab: Einen halben Eimer Kleie – einen halben Eimer Kleiemehl – einen halben Eimer Fischmehl – einen halben Getreideschrot - Wasser dazu und schön umrühren, dann das Brot aus der Wanne zerkrümeln und drunter mischen. Immer schön umrühren. Fertig. Das gibt genau eine Trogfüllung. Nimm den langen Holztrog. Der steht unter dem Schleppdach. Aber das Futter vorsichtig auskippen, damit du mir nicht die ganze Wiese verkleckerst…

Sie kam in ihrer Melkschürze auf ihn zu. Alles verstanden? Alles klar? Der Mann nickte. Sie roch nach Bett, nach der Kuhschürze und ein bisschen auch nach Schweiß. Bin in einer Stunde wieder hier. Dann frühstücken wir.

Während er die Eimer füllte und das Futter zu mischen begann, sah er ihr nach, wie sie stattlich und kraftstrotzend zum Bäuerlein Willi hinüber ging. Kurz bevor sie im Stall verschwand, winkte sie herüber und ihr Arm war milchig und rosig.

Eine Stunde später, Dührkamp hatte alles erledigt, kam sie vom Melken, sie brachte einen Eimer frische Milch mit. Die schäumte und dampfte noch. Sie band sich die Schürze ab, ordnete ihr Haar. Dazu nahm sie ein paar Klemmen in die Mundwinkel und steckte ihren Flechtkranz. Als sie Arme hob und die Achseln sehen ließ, beobachtete sie den jungen Mann aus den Augenwinkeln. Der Willi war ihr gefolgt. Schon im Laufen band er sich die Schürze ab, hängte sie an einen Haken. Er gab Dührkamp freundlich die Hand.

Na komm, sagte die Witwe zu dem jungen Mann, jetzt gibt es was zu futtern.

Als sie alle drei in die Küche traten, stieg die Hildy in Strümpfen auf einen Stuhl und schnitt ein paar Scheiben von dem Schinken ab, der von einem Balken herab hing. Ihr Kleid rutschte hoch. Der Arne machte große Augen.

Sie stieg vom Stuhl herunter, tat die Scheiben auf den heißen Herd, klopfte ein paar Eier in die Pfanne, gab Butter dazu. Es bruzzelte und roch verführerisch. Kaffee? Oder lieber meinen Weißen aus dem Tonkrug. Dührkamp wollte Kaffee, Willi den Wein.

Der junge Mann bekommt den Kaffee, das alte Bäuerlein einen Wein, die Witwe selber trinkt kalten Kaffee aus ihrer blauweißen Kanne. Sie essen schweigend Ei, Schinken, Weißbrot.

Kannst du Gras für die Karnickel mähen?

Wo wir doch jetzt den Rasenmäher haben?

Bist du blöd? Das zerrissene, zermatschte Zeug kriegen meine Kleinen nicht. Das wäre, wie wenn ich dir das Brot zertrete, bevor du es auf dem Teller hast... Kannst du mit einer Sichel umgehen?

O.k. – ich glaube schon.

Das ist keine Antwort – *ich glaube schon*. Sag: Ja oder nein.

Gut. Ja.

Ich gebe dir eine Sichel und einen Sack. Damit gehst du den kleinen Abhang hinab, hinter Willis Hof. Dort gleich am Wäldchen ist eine Wiese. Da wächst das beste Gras, es ist saftig mit vielen Kräutern. Das mögen meine Langohren. Dass du mir aber Gras im Sack nicht zu sehr drückst, es muss locker und luftig bleiben.

Ja- aa. Schon gut. Gib mir lieber noch etwas Ei... und eine halbe Scheibe Schinken.

Hier hast du... ! Sie nimmt seinen Teller, tut das gewünschte drauf, stellt ihm den Teller hart hin. Doch sie hat den Teller ein bisschen zu hart hingestellt, fast geworfen. Der Teller, er tanzt, kommt zum Stillstand. Das Ei zittert noch ein wenig, ehe es in seinem Buttersee zur Ruhe kommt.

Nach einer Zeit, Dührkamp stand auf, ging hinaus.

Sie rief ihn zurück, gab ihm eine andere Sichel. Die du genommen hast, ist stumpf, die hier ist schärfer. Pass aber auf, dass du dich nicht verletzt.

Sie sah ihm nach, wie er mit Sack und Sichel unterm Arm davonging und sie lächelte.

Er wusste nicht, dass Sonntag war, hatte nicht daran gedacht. Erst das ferne Glockengeläut erinnerte ihn daran. Eine seltsame Sehnsucht überkommt ihn, ein Gefühl von Erinnerung und Frieden. Die Luft ist weich und warm.

Er bückt sich, sichelt das Gras in einem halbrunden Schwad. Er freut sich, dass es so leicht geht. Er hebt den Kopf. Plötzlich hat er das Gefühl, beobachtet zu werden.

Er schaut sich um.

Niemand zu sehen.

Er sichelt weiter. Auf einmal hat er wieder dieses Gefühl des Beobachtetwerdens. Er ruft in die Abgeschiedenheit des Sonntagmorgens:

Ist da jemand?

Keine Antwort. Keine Menschenseele ist zu sehen. Ringsum nichts als Frieden und Stille.

Auf einmal durchzuckt ihn der Gedanke:

Sie sind da!? Seine „alten Freunde" sind gekommen. Irgendwo hier in der Nähe halten sie sich versteckt.

Angst schnürt ihm die Kehle. Verdammt, er wird den Gedanken nicht mehr los, auch als er den Sack mit Gras gefüllt hat und zum Haus der Witwe zurückgeht.

Auf einmal: Die Sichel!? Wo ist die Sichel? Er hält sie nicht mehr in der Hand.

Hat er sie liegenlassen?

Er stellt den Sack ab, hastet zurück, rennt den kleinen Abhang herunter. Die Sichel ist verschwunden. Er sucht in fieberhafter Hast die kleine Wiese ab. Nichts. Nirgends die Sichel.

Er schaut sich um. Wieder ist niemand zu entdecken. Er hört einen Hund bellen. Vom Hof des Bauern Willi Kettengeklirr und dumpfes Muhen. Wieder das Glockengeläut. Der Gottesdienst scheint zu Ende.

Ziemlich verwirrt geht Dührkamp zum Haus zurück, nimmt den Sack auf. Bei den Kaninchenställen setzt er ihn ab.

Das eben Erlebte beschäftigt den jungen Mann. Er will nicht zugeben, dass er Angst hat und doch fühlt er sein Herz schlagen. Er muss die Beute holen! Am liebsten jetzt gleich. Doch das geht nicht. Er muss warten, bis es dunkel ist. Verdammt, so eine Scheiße...

Plötzlich war die Witwe neben ihm.

Glaubst du, meine Langohren holen sich das Gras selber aus dem Sack? Oder willst du warten, bis es warm geworden ist?

Er hatte ein dummes Gesicht gemacht. War einen Augenblick erstarrt, belebte sich wieder:

Verzeih mir, bitte...

Es war das erste Mal, dass er sie geduzt hatte.

Schon gut, sagte die Witwe. Ich mach es selber, geh dich lieber rasieren. So unrasiert gefällst du mir nicht. Im Bad findest du einen Rasierer. Ist noch von meinem Mann. Spiegel und Seife gibt es da auch...

Er rasierte sich, wusch sich im Freien in einer Schüssel. Als er sich sauber fühlte, die Brust nackt unter dem hellblauen Hemd, die Haare noch feucht, bekam er Lust zu rauchen. Aber er hatte keine Zigaretten mehr und auch kein Kleingeld... er wollte die Witwe fragen, vielleicht hätte sie irgendwo Zigaretten. Sonst müsste er zu Willi gehen.

Er ging los. Da kam die Hildy um die Ecke. Beinahe wären sie zusammen gestoßen. Sie schwenkte die Sichel.

Wolltest du, dass ich mir den Arm aufschneide? Im Sack mitten unterm Gras die Sichel zu verstecken. So ein Unverstand. Das ist ja ein Attentat.

Er lachte befreit auf und gab ihr einen Kuss.

Du weißt gar nicht wie ich mich freue, rief er, und gab ihr einen zweiten Kuss.

Die Witwe kicherte albern. Was ist los? Was soll das? Gut. Wer mich so lieb bittet, da will ich gleich den Hahn für heute Abend opfern.

Sie ging hinters Haus und brachte den gackernden und flatterten Todeskandidaten mit. Sie hielt ihn kopfunter an den gelben Füßen.

Wo ist denn das Beil? Verflixt, hast du das Beil gesehen? So ein kleines mit kurzem Stiel?

Dührkamp schüttelte den Kopf. Keine Ahnung. Die Witwe fand das Beil, verschwand mit dem Hahn im Schuppen. Man hörte den Hahn aufschreien, dann ein dumpfer Schlag. Sie erschien vor dem Schuppen mit dem kopflosen Tier. Rupfen tu ich ihn in der Küche, will ihn kurz abbrühen, da geht es besser.

Sie trat ins Haus. Der Hahn hing schlaff in ihrem Arm.

Willi, das Bäuerlein, dem der Wein geschmeckt hatte, war aufgeräumt. Er stieß Dührkamp wie einen alten Kumpel an, fragte: Sag mal, du warst doch vorhin auf der kleinen Wiese hinter meinem Hof?

Ja. War ich.

Un hast Gras für die Karnickel gemäht?

Ja, hab ich.

Sag mal hast du da nicht den gemeinen Kerl gesehen, der sich da rumgetrieben hat?

Dührkamp wurde unruhig, sagte: Ich hab keinen gesehen.

Doch, den musst du gesehen haben. Der schlich unten durchs Gebüsch. Weißt du, dort, wo das Wäldchen anfängt. Ich hab ihn von meinem Quittenbaum aus sehen können. Wollte ein paar reife Quitten für die Hildy pflücken. Die macht so eine herrliche Marmelade draus. Also, der Kerl hatte so eine graue Jacke an und eine Schiebermütze auf dem Kopf.

Der junge Mann war ziemlich blass geworden. Aber dem Willi fiel das nicht auf.

Dührkamp dachte voller Angst: Verdammt. Das war er! Klar. Das war der Scharschmidt. Der hatte so eine Mütze! Ist der denn wieder draußen? Ist seine Zeit schon um? Wegen guter Führung vorzeitig entlassen? Acht Jahre hat er abgebissen… dann müsste der andere, der Kalle ja auch wieder draußen sein. Verdammt…

Das Bäuerlein aber sprach weiter: *Klar, Mensch, so ne grauschwarzkarierte. Ne rich´sche Schiebermütze! Wie sie immer die Gangster in den Filmen aufhaben.* Er sprach das Wort „Gangster" nicht englisch aus, sonder mit deutschem „a". *Nu, der schlich da rum, der Kerl, und starrte immer zu dir und zu Hildys Haus rüber.* Ich wollte schon rufen und ihn vertreiben. Aber plötzlich war er weg. Hab ihn danach nicht mehr gesehen. Wer das bloß gewesen ist? Und du hast ihn wirklich nicht gesehen? Mensch, der war doch höchstens zwanzig Meter weg von dir.

Dührkamp ist noch blasser geworden. Wenn das Bäuerlein ihn genauer angesehen hätte, hätte er gesehen wie angstvoll geweitet die Pupillen seines Gegenüber sind.

Was denn nu? fragt Willi. Er kann nicht begreifen, dass der andere nichts gesehen hat. Aber Dührkamp schüttelt den Kopf. Stattdessen fragt er: Hast du vielleicht mal eine Zigarette? Muss jetzt unbedingt eine rauchen. Meine sind alle…

Klar hab ich Zigaretten. Sind aber bloß die billigen… Hier! Und er streckt dem jungen Mann die Schachtel hin. Es sind Club Filter, die Schachtel für 4.40. Dührkamps Hände zittern, als er sich eine heraus nimmt. Das Bäuerlein kichert: *Mensch, du zitterst ja. So nötig hast du die Stäbchen? Na, nimm dir glei noch eene. Uff een´ Been kann man schlecht stehen.*

Der junge Mann raucht. Er inhaliert tief, versucht sich zu beruhigen. Aber es gelingt ihm nicht, er muss immer wieder an den Mann unten auf der Wiese denken, der sein Kumpel Scharschmidt gewesen sein könnte. Was heißt „könnte" – er weiß: es war der Uwe. Ja, es muss der Uwe Scharschmidt gewesen sein. Er erinnert sich:

Sie kannten sich eine Ewigkeit, schon seit der Schule. Waren die letzten beiden Schuljahre sogar in eine Klasse gegangen. Uwe war ein mittelgroßer pickeliger Typ ohne eigene Ideen. Er hatte sich schnell ihm, dem Arne Dührkamp, angeschlossen. Arne hatte schon als Junge etwas von einer

Führerfigur. Man konnte nicht anders als ihn zu akzeptieren. Manche Streiche hatten sie gemeinsam verübt. Und ihren Spaß gehabt. Aber es waren eine ganze Zeit lang im Grunde nur Dummheiten gewesen. Der spektakulärste Streich allerdings war dann ein regelrechter Raub gewesen. Von da ab waren sie auf der abschüssigen Bahn. Es ging nicht mehr anders:

Es gab in Tolkewitz, einem Ortsteil der großen Stadt, einen winzigen Tabakwarenladen. Auch Schnaps und Süßigkeiten, Zeitungen und Magazine wurden da verkauft. Frieder Strohbein hieß der Inhaber. Ein blutleerer, blasser Typ um die Fünfzig mit einer Brille, die seine Augen riesig wie bei einer Eule aussehen ließen, außerdem mit Zähnen, so gelb und groß über der Unterlippe wie bei einem Hasen. Sein Anblick reizte zum Lachen, aber er war im Grunde ein gutmütiger und freundlicher Kerl. Häufig schenkte er den Kindern Bonbons oder Lutscher aus seinem Glasballon. Bei dem also wollten Arne und Uwe versuchen ihr erstes großen Ding drehen. Aber es gab noch einen Dritten, der mitmachte. Er ging eine Klasse tiefer, war im letzten Jahr sitzen geblieben, und hieß Kalle. Familienname unbekannt.

Sie hatten sich ein Dreierprinzip ausgedacht, das ungefähr so ging: Einer lenkt ab, der Zweite klaut, der Dritte verschwindet mit der Beute. Später wollten sie sich irgendwo treffen und den Fang verteilen. Dieses Prinzip behielten sie in Abwandlungen bei weiteren Taten bei. Sogar später, als sie Erwachsene waren, sich irgendwann einmal wiedergetroffen und beschlossen hatten, ab jetzt größere Dinger zu drehen. Bevor sie das Dreierprinzip anwendeten, machten sie einen Test. Einer musste der Schwindlerkönig sein. Das war der, welcher dem ausgewählten Opfer irgendeine Geschichte erzählen, ihn ablenken und einwickeln sollte. Der Kalle bestand den Schwindeltest am besten. Er hatte Übung darin, die Leute einzuwickeln, zu Hause bei den Eltern erprobt, hatte er ihnen immer wieder neue Geschichten über seine Nachlässigkeiten in der Schule aufgetischt. Uwe Scharschmidt hatte die flinksten Hände und er, Arne, war der Schnellste im

Weglaufen. So war das Dreierprinzip geboren worden: Kalle lenkt das Opfer ab, Uwe klaut und Arne läuft mit der Beute weg.

Später trafen sie sich dann. Der Raub wurde verteilt. Meistens in einem Abrisshaus oder einem Ruinengrundstück. Es gab viele davon in der großen Stadt.

Also machten sie es bei dem Tabakhändler Strohbein genauso: Sie betraten den Laden. Bescheiden und freundlich. Gute Jungen. Es roch im Laden süßlich nach trockenem Tabak, nach Bonbons und nach der Druckerschwärze der frischen Zeitungen. Eine beeindruckende Geruchsmischung, daran erinnerte sich Dührkamp noch jetzt auf dem Hof der Witwe.

Kalle hatte herausgefunden, dass der alte Brillenheini Strohbein ein Hobby hatte, dem er voll und ganz verfallen war – und zwar das Briefmarkensammeln. Vor vielen Jahren hatte er statt mit Zeitungen sogar mit Briefmarken gehandelt. Er hatte diesen Handel aber aufgegeben, nachdem der Laden einmal in Flammen aufgegangen und dabei ein großer Teil seiner Marken verbrannt war.

Sie liefen neugierig und scheinbar harmlos im Laden umher, guckten Zeitungen an, stierten auf das Bonbonglas. Der Alte bediente gerade zwei Kunden und achtete nicht weiter auf die Jungs. Die Kunden gingen. Jetzt trat Kalle ein wenig linkisch, vollkommen harmlos lächelnd, an den Tabakhändler heran. Er habe gehört, sagte er, dass er, der Herr Strohbein, viel von Briefmarken verstünde. Und da habe er aus dem Album seines Großvaters ein paar Marken entnommen, um ihn um Rat zu fragen...

Kalle zog ein kleines Vokabelhaft aus der Hosentasche, blätterte darin herum, bis zwei Briefmarken in kleinen schützenden Plastikumschlägen zum Vorschein kamen. Der Tabakhändler machte große Augen, noch größere, als sie durch seine Brille sowieso schon wirkten. Die grüne hier, sagte Kalle und zeigte auf eine Marke, dies sei doch die *„Baden Landpost zu 12 Kreuzer von 1862"*? Und die hier, die blaue, wäre doch sicher die „*Deutsche Kolonie Togo von 1915 zu 2 Mark*"? Kalle hielt die Marke dem alten Strohbein hin.

Wollen wir nicht ins Licht gehen? schlug er vor. Da sieht man besser.

Der Alte nickte und trippelte zum Ladenfenster, er kannte die Marken und ihren enormen Wert von mehreren Tausend Mark.

Darf ich mal? und er nahm die Marken nahe vors Auge, um sie zu betrachten. Er schwitzte, er zitterte. Kalle spürte die aufsteigende Wärme des Ladenbesitzers. Dass er zitterte, sah man daran, dass die Plastikhüllen mit den Marken in seiner Hand vibrierten.

Natürlich waren die Marken nicht von seinem Großvater. Da hatte Kalle wiedermal gelogen. Er hatte gar keinen Großvater. Die Marken gehörten vielmehr einem alten Pedell, der im Ruhestand war und den er kannte. Der war kindisch und schönen Knaben zugetan. Das wusste Kalle und nutzte es aus. Er machte dem alten Lüstling schöne Augen, ließ sich befummeln und hatte ihm auf diese Weise die Marken abgelistet. Er brauche sie für eine Aktion in der Schule, hatte er gesagt. Garantiert brächte er sie am nächsten Tage wieder, unterschrieb sogar einen Garantie-Zettel. Und er würde sie dem Alten tatsächlich zurückbringen, es ging ja nur darum, den Tabakhändler einzulullen. Klauen wollte er die Dinger nicht. Er wusste, dass er sie nicht würde absetzen können.

Strohbein konnte sich vom Anblick der Briefmarken gar nicht losreißen, er betrachtete sie wieder und wieder, ging noch näher zum Licht. Nahm sogar eine Lampe und leuchtete sie an. Seinen Laden hatte er vollkommen vergessen. Mein Gott! flüsterte er, solche Marken, solche Marken…

Inzwischen hatte Uwe die Ladenkasse geplündert. Aber, es war nicht viel drin. Nur ein paar Hundert Mark erbeuteten sie. Arne hatte, daran erinnerte er sich, inzwischen einen mitgebrachten Rucksack mit Stangen von Zigaretten gefüllt. Sie wollten sie verkaufen. Für die Hälfte schwarz auf dem Rummel. Ein paar natürlich selber rauchen. Die ganze Aktion dauerte nicht lange, nur ein paar Minuten. Als Kalle mit dem

Alten allein war, erinnerte er sich, dass er nach Hause müsste und verschwand im Handumdrehen. Erst jetzt sah der gute alte Tabakhändler Strohbein, was ihm passiert war. Er schlug Alarm, aber da waren die Drei über alle Berge. Natürlich mieden sie in Zukunft den Ortsteil Tolkewitz und den Tabakladen des alten Strohbein. Seine Täterbeschreibungen waren indes so vage und ungenau, dass die Dreierbande nicht geschnappt wurde. Am Abend trafen sie sich in einem Ruinengrundstück.

Sie hatten dreihundertsiebenundfünfzig Mark in Scheinen und ein paar Hände voll Münzen erbeutet. Sowie zehn Standen Zigaretten der Marke F6, Juwel und Duett. Das war nicht viel, aber sie waren trotzdem zufrieden. Das Geld wurde durch drei geteilt, von den Zigaretten bekam jeder 3 Stangen und der Arne, eine mehr. Und zwar deswegen: Uwe hatte vorgeschlagen, dass der Arne ab jetzt ihr Boss sei. Ohne Boss ginge es nun mal nicht. Arne hätte die Idee gehabt und die Beute schnell in Sicherheit gebracht. Das verdiene Belohnung. Arne freute sich. Und der Uwe wurde sein Freund. Mit Kalle hingegen wurde er nie richtig warm. Der war so durchtrieben und gerissen, dass man nie sicher sein konnte, nicht hinters Licht geführt zu werden. Außerdem war er ein Schwein. Er ging nicht nur mit viel älteren Mädchen, sondern auch mit älteren Männern und mit Jungen vom Bahnhof. Man müsse sexuell vielseitig sein, behauptete er, dann stünden einem größere Spielräume zur Verfügung. Viele Jahre, bis in ihre Erwachsenenzeit hinein, blieb die Freundschaft zwischen Arne und Uwe bestehen bestehen. Arne war oft bei Uwe daheim gewesen. Seine Mutter hatte ihren Uwe allein aufgezogen. Sie war Sekretärin bei der Zeitung und in der Partei und natürlich durfte sie nichts wissen von den Taten ihres Sohnes und seiner Freunde. Arne erinnerte sich, dass sie hübsch war, wenn auch ein bisschen füllig, fast so wie diese Witwe Hildy, bei der er sich jetzt aufhielt. Und sie konnte wunderbar Pfannkuchen backen. Einmal hat er zehn Stück davon gegessen und ihm hatte der Bauch weh getan. Mit dem Uwe hatte er auch die erste Freundin gehabt. Und zwar gemeinsam. Ja, sie waren mit ihr zusammen nach dem Rummelbesuch auf ihre Bude gegangen. Sie wohnte in der Friedrichstadt. Das Mädchen war drei Jahre älter und lernte schon im Sachsenwerk „technische Zeichnerin". Er weiß noch, sie haben eine Flasche Balkanfeuer ausgetrunken, geraucht und dann an dem Mädchen rumgefummelt. Mehr war es erst mal nicht. Die ließ sich das gefallen. Machte sogar mit, zog sich schließlich selber aus. Es war eine Blonde, auch etwas üppig. Komisch, immer haben ihn die vollschlanken Mädchen und Frauen besonders gefallen...

Ihre Raubzüge wurden mit der Zeit immer umfangreicher. Der größte war ein Überfall auf eine Gartenkneipe. Mit Strumpfmasken stürmten sie rein. Kalle hatte eine alte Armeepistole aus dem Weltkrieg irgendwo aufgetrieben. Damit hielt er die Gäste in Schach. Sie erbeuteten, auch, weil sie alle Gäste ausraubten, jede Menge Bargeld, Uhren, ein bisschen Schmuck, aus dem Kneipentresor – der Wirt besaß ein altes Monstrum – gebündelte Scheine. Insgesamt fast Tausend Mark. Beinahe hätte es ein Unglück gegeben. Einer der Gäste, ein Bauarbeiter, wollte sich wehren. Er war aufgesprungen und auf Kalle eingedrungen. Doch der, extrem kaltblütig, schoss zur Warnung in die Holzdecke der Kneipe. Alle waren erschrocken. Keiner hatte geglaubt, dass die Waffe wirklich scharf geladen wäre, auch Arne und Uwe nicht. Es wurde totenstill. Und Kalle sagte in die Stille hinein: Den nächsten, der aufsteht, knall ich ab. Das Telefonkabel hatte er gleich nachdem sie eingedrungen waren, aus der Wand gerissen. Funktelefone gab es damals noch nicht.

Sie trafen sich wieder an ihrer alten Stelle in der Ruine. Waren aber, eine Idee von Arne, aus Gründen der Sicherheit auf getrennten Wegen gegangen. Die Beute wurde aufgeteilt.

Arne machte Kalle Vorwürfe wegen der Pistole. Der bekam enge kleine Augen und zischte: Ihr Scheißer denkt doch an nichts. Man muss den Leuten Angst machen, dann geben sie alles her. Erst, wenn einer in die Hosen scheißt, haben wir sicheres Spiel... mit Kalle wurde es immer gefährlicher. Ein Menschenleben galt ihm nichts. Wegen eines bewaffneten

Überfalls, bei dem zwei Leute verletzt wurden, war er schließlich zu fünfzehn Jahren verurteilt worden. Erst ein halbes Jahr vor ihrem letzten großen Coup war er entlassen worden. Aber Uwe hatte gesagt, dass sie Kalle brauchen würden und so hatten sie ihn einbezogen. Schweren Herzens, aber es ging nicht anders.

Was steht ihr hier rum!? Die Witwe ist in Wickelschürze, ein paar Federn noch auf der Bluse und in den Haaren, aus dem Haus getreten. Gibt es nichts zu tun?

Ich habe keine Zigaretten mehr, musste sogar den Willi anpumpen, sagt Dührkamp ein wenig hilflos.

Ich werd dir fünf Mark geben. Da kannst du runter in den Mielschdorfer Krug gehen. Die haben heute auf. Aber nicht, dass du auf die Idee kommst, den ganzen Nachmittag im Dorf herumzutrödeln. Es gibt hier noch zu tun, ehe wir uns zu Tisch setzen.

Arne weiß nicht, ob er es riskieren soll, jetzt ins Dorf zu gehen. Ein paar Sekunden zaudert er. Schließlich aber siegen die Neugier, die Abenteuerlust und die Gier auf Zigaretten. Ach, was soll schon passieren? Keiner kennt ihn hier und erkennen würde ihn auch niemand. Sie hatten bei der Sache Masken getragen und andere Klamotten.

Danke. Ich bleib nicht lange.

Hildy sieht dem jungen Mann hinterher. Sie seufzt.

Na dann komm du her, ruft sie dem kleinen Bäuerlein zu, du kannst derweil Gemüse putzen und Kartoffeln schälen.

Aber…

Na nun komm schon. Deine Kühe habe ich dir auch gemolken.

Willi trabt an. Ein bisschen unsicher fragt er: Du Hildy? Meine Anni kommt nachher zu Besuch. Darf ich sie zum Hahnenschmaus mitbringen?

Hab nichts dagegen. Wie alt ist deine Nichte jetzt?

Achtzehn? Oder schon neunzehn. Ach, ich weiß nicht.

Studiert sie noch?

Ja.

War es nicht Kunstgeschichte?

Ja.

Gut, bring´ das Mädchen ruhig mit. Studenten sind ja froh, wenn sie mal so ein Essen umsonst kriegen. Oder isst die nur dieses italienische Zeug? Sitzt in den Cafés rum, und trinkt morgens Capuccino und abends Prosecco? Und raucht wie eine Blöde...

Nein, nein die Anni ist ganz normal, die freut sich über was Deftiges.

Gut. Aber erst hilfst du mir. Los, komm. Die Kartoffeln nimmst du aus dem Schuppen, das Gemüse liegt schon im Korb in der Küche.

Das Dorf war um diese Zeit fast leer. Drei Halbwüchsige übten Kunststücke mit einem Fußball, ein paar alte Weiber saßen in ihren Vorgärten, strickten und schwatzten. Ein Bauer fuhr mit seinem kleinen roten Traktor und einem Heuwender hinaus auf die Felder.

Vor der Dorfkneipe begegnete Dührkamp dem Nachbar Reukschat. Er hätte ihn beinahe nicht erkannt, denn er hatte ihn ja nur kurz und von weitem gesehen. Reukschat kam gerade aus der Kneipe, Dührkamp wollte hinein. Sie mussten sich gegenseitig Platz machen. Der Nachbar kannte Dührkamp nicht, aber er musterte ihn neugierig und mit sichtlichem Misstrauen. Sie grüßten sich wie man sich im Dorf immer mit allen grüßt. Der Nachbar lud ein paar Kästen Bier und eine gelbschwarze Einkaufstasche, aus der Dührkamp die Hälse von mindestens vier oder fünf Flaschen Schnaps herausragen sah, auf einen Rolli und zog ab. Drei Kästen! Und so viel Schnaps! Donnerwetter, dachte Dührkamp. Er drehte sich an der Kneipentür noch einmal nach dem kleinen Nachbarn um. Und seltsam, auch der blickte zurück. In seinem Blick aber war Unsicherheit auch ein bisschen Furcht. Das wandelnde schlechte Gewissen, lächelte Dührkamp und trat in den Schankraum. Es war halbdunkel und roch nach kaltem Rauch und verschüttetem Bier. Er kaufte Zigaretten, trank ein kleines Bier im Stehen. Der Wirt starrte Dührkamp von der Seite an. Obwohl der nichts sagte, nur sein Bier trank und eine rauchte, hingen die Augen des Wirtes an seinen Lippen, darauf wartend, dass sie sich öffneten und der Fremde ein paar Worte sagte. Selber fragte er nichts, er spülte seine Gläser, wischte mit einem Tuch über die Theke, die hervorstehenden hellblauen Augen fest auf Dührkamp gerichtet. Als Dührkamp die Kneipe verließ, starrte er ihm nach und murmelte: Den kenn ich doch. Verdammt, den kenn ich. Wenn ich nur wüsste woher.

Auf dem Rückweg dachte Dührkamp wieder an den Nachbarn Reukschat, aber der war nirgends mehr zu sehen.

Die Witwe begrüßte ihn: Du bist nicht zu lange weggewesen. Das ist gut. Nimm dir ein Tuch und poliere die Gläser, das Besteck und die Teller. Das Geschirr ist im Wandschrank.

Er ging hinein und sah das Bäuerlein beim Kartoffelschälen. Er musste lachen und dachte: Die Witwe kommandiert uns wie ein Feldwebel. Selber saß sie in ihrem knisternden, wackligen Korbstuhl und hatte sich das Strickzeug genommen. Sie sah seinen Blick. Reg dich nicht auf. Alles läuft planmäßig. Der Hahn bruzzelt im Ofen. Ihr macht euch nützlich und seid beschäftigt. Ich muss mit meiner Strickarbeit fertig werden. Das macht mir keiner... das wird ein schöner Braten. Schau mal in die Röhre, dass er mir nicht anbrennt. Kannst ein bisschen Bratensaft drüber schöpfen. Da wird er schön knusprig...

Ich hab noch ein paar Teller zu polieren.

Das hat noch Zeit. Schau erst nach dem Braten.

Ich geh dann mal rüber und hole meine Anni, sagte das Bäuerlein. Er band sich das Wischtuch ab, das ihm die Witwe zum Umbinden gegeben hatte, stand auf. Ging hinaus und über den Hof, hinüber zu seinem Anwesen.

Wer ist Anni?

Das ist Willis Nichte. Die studiert an der Hochschule. Kunstgeschichte. Er holt sie zum Essen. Ich habe sie eingeladen. Ein Esser mehr. Das macht nichts. Du wirst sehen, sie ist ein hübsches Kind. Vielleicht ein bisschen verdreht. Na ja, Kunststudentin. Was soll man da erwarten?

Dührkamp war nicht erpicht auf neue Gesichter. Eine Studentin? Aber, er konnte nichts dagegen sagen. Er würde abwarten. Unbedingt müsste er heute noch die Gelegenheit abpassen, das Geld zu holen. Unbedingt. Besonders jetzt, wo der Uwe in der Nähe war.

Ich hab ein bisschen Bratensaft drüber geschöpft. Der Braten sieht gut aus. Wahrscheinlich ist er bald fertig.

Das werd ich selber sehen. Davon verstehst du nichts. Geh du nur wieder zu deinem Geschirr. Es muss alles blitzblank sein.

Dührkamp nahm sein Wischtuch. Trotzallem. Er war neugierig auf Willis Nichte. Endlich mal ein junges Weib. Er spürte wie ihn die Lust überkam, wie ihm die Lenden kribbelten. Er ging zum Fenster, spähte hinaus. Wie würde wohl Willis Nichts aussehen? Neunzehn Jahre? Mein Gott, wann hätte er mal eine Neunzehnjährige gehabt? Jetzt war er Mitte Vierzig. Es war eine Ewigkeit her. Vielleicht vor zwanzig Jahren. Aber da waren sie alle im gleichen Alter gewesen. Er schob die Gardine ein Stück zurück. Er wollte nicht gesehen werden oder gar als neugierig gelten. Endlich hörte er Stimmen, aber er konnte nichts sehen. Eine Ligusterhecke versperrte ihm den Blick. Er erkannte Willis Stimme. Dann musste die andere, die hellere, die Stimme jener Nichte sein. Dührkamp hielt es nicht mehr aus. Er stürmte an der strickenden Witwe vorbei ins Freie. Diese blickte auf, ein böses Lächeln glitt über ihr Gesicht. So ein Hengst braucht bloß die Stute hören, schon verliert er den Verstand. Sie legte ihre Nadeln und das Deckchen beiseite, an dem sie eben gearbeitet hatte, erhob sich ebenfalls und ging zur Tür, die der Vorbeihastende offen gelassen hatte. Na, sie würde ihm jedenfalls die Freude verderben, sagte sie sich. Dührkamp war auf den Hof getreten, gerade im rechten Moment, um das Bäuerlein und seine Nichte zu begrüßen. Das Mädchen war tatsächlich eine Schönheit.

Sie sind also Willis Nichte? Dührkamp hatte sich vor den Beiden aufgebaut, stand breitbeinig und imponierend da. Er versuchte sein gewinnendstes Lächeln.

Ja, das ist meine Nichte Anni, sagte das Bäuerlein. Und das ist Herr Dührkamp. Er zeigte mit seinem schrumpeligen Finger auf den jungen Mann, gab sich indes, indem er „Herr" sagte, vornehm und städtisch, was ein wenig lächerlich wirkte.

Das Mädchen reichte Dührkamp die Hand und schaute ihm von unten ins Gesicht. Sie lächelte fröhlich und unbeschwert. Seit wann gibt es denn in deiner Nachbarschaft solche jungen Männer, lieber Onkel?

Ein Stichwort für die Witwe, die hinzu getreten war. Das ist gewissermaßen ein Saisonarbeiter, sagte sie, früher sagte man Handwerksbursche auf Wanderschaft. Er hilft mir und bekommt dafür freie Kost und Logis.

Sowas gibt es noch? Das Mädchen lachte. Vielleicht ist er auf der Flucht. Ein entsprungener Sträfling... Nein, nein, um Gotteswillen, korrigierte sie sich lachend, als sie Dührkamps irritierten Blick sah, ich hab nur Spaß gemacht. Wirklich nur Spaß...

Der junge Mann lachte mit. Es wirkte ein wenig gezwungen, mit schiefem Gesicht und er rief: Ja, so was Ähnliches bin ich tatsächlich... ein Entsprungener. Vielleicht werde ich es beim Essen mal erzählen.

Auch die Witwe ließ einen sonderbaren Blick bei diesem Wortwechsel sehen, aber er huschte nur wie ein Schatten über ihr Gesicht, gleich fing sie sich wieder...

Hab sie lange nicht mehr gesehen, Fräulein Anni. Mein Gott, Sie sind ja eine richtige Dame geworden. Das letzte Mal waren Sie so... und sie zeigte mit ihrer Hand bis in ihre Brusthöhe. Wie viele Jahre mögen das her sein? Vielleicht acht oder zehn Jahre.

Daran besinne ich mich nicht mehr.

Ja, Kinder vergessen schnell.

Willi, hol mal den Kaffee aus der Küche. Du weißt, wo er steht. Nimm ein paar Tassen und stell sie dort auf den Gartentisch. Kuchen steht auf der Anrichte. Ich komme gleich wieder runter, muss mich nur ein wenig zurechtmachen. Die Witwe ging ins Haus. Sie ließ Hüften und Schultern kreisen. Das sah ein wenig provozierend aus, aber sie wusste, dass man ihr nachsah. Ein paar Tauben kamen herbei geschwebt. Sie wusste, gleich würde es Krümel geben, ein Festmahl...

Dürkamp hatte sich rittlings auf einen Korbstuhl gesetzt. Er rauchte und sah zu, wie das Bäuerlein den Tisch deckte. Der tat das mit wichtiger Miene. Er war darauf aus, zu zeigen, dass er hier die erste Stelle einnahm. So ein Hergelaufener könnte ihm die Rechte nicht streitig machen. Er hatte die älteren. Wie ein herrschaftlicher Kellner – natürlich sah das linkisch und lächerlich aus - trug er die Tassen, die Kaffeekanne und die Kuchenteller heraus, seine Nichte Anni mit jugendlicher Anmut stellte alles zurecht, zupfte am Tischtuch, richtete die Löffel aus, lächelte, besah aus den Augenwinkeln den jungen Mann. Ihr knospender Busen hob und senkte sich schnell. Auf einmal ging oben ein Fenster auf. Die Witwe rief heraus: Arne! Eh Arne! Schau doch nochmal nach dem Braten. Nimm das Feuer zurück, öffne den Deckel, damit er besser bräunen kann. Elastisch sprang Dührkamp auf. Mit einem triumphierenden Lächeln ging er ins Haus, blickte an der Tür zurück. Das Wichtigste bliebe ihm überlassen, dachte er. Ja, ja die Hildy wisse schon, wem sie welchen Auftrag gebe.

Es dauerte nicht lange, da trat die Witwe aus der Tür. Sie hatte sich in ein elegantes grauweißes Kleid gezwängt, an Hüften und Busen spannte es, der Reißverschluß auf der Rückseite war nicht ganz geschlossen, vor die Brust hatte sie eine großartige Brosche gesteckt. Willi kam näher, sah die Brosche. Oh, sieh mal an, das alte Erbstück von Gold und Meißner Porzellan! Das steht dir immer noch, Hildy.

So ein verdammter alter Schleimer, murmelte Dührkamp, er setzte sich demonstrativ an den Tisch, gleich links neben die Stirnseite. So! machte er und lachte die Witwe an. Kommen Sie her zu mir, Frau Heinz. Hier sitzen die Bestimmer. Die Witwe verstand, sie lächelte, nickte zustimmend und setzte sich an die Stirnseite. Das Bäuerlein, noch mit einem Kuchenteller in der Hand, schaute verwirrt auf. Wo sollte er Platz nehmen? Da rief die Witwe: Was spielst du den Beleidigten? Nimm deine Nichte und setz dich hier zu meiner rechten, meinetwegen auch am Tischende, mir gegenüber. Willi schluckte, sein großer Adamsapfel fuhr ein Mal hinauf und ein

Mal hinab und er setzte sich der Witwe gegenüber, seiner Nichte bedeutete er sich dem jungen Mann gegenüber Platz zu nehmen. Nun saßen sie alle.

Und wer gießt den Kaffee ein?

Das Mädchen sprang auf. Lass nur Tante Hildy, ich mach das schon.

Den Kuchen hab ich diesmal nicht selber gebacken. Den hab ich aus dem Dorf mitgebracht. Aber er schmeckt. Außerdem sollt ihr jeder nur ein Stück essen. Wir wollen uns doch den Magen für den Hahn offen halten...

Sie begannen zu essen und Kaffee zu trinken. Ein Schweigen hatte sich breitgemacht. Nur eine Amsel sang hinterm Schuppen. Auf einmal sagte die Witwe: Er ist zwar manchmal ein Mistkerl, aber den Reukschat hätten wir herüber holen sollen. Der sitzt jetzt so allein bei sich. Und einen Witz hätte er auch erzählen können. Sie beugte sich zu Dührkamp, sagte halblaut: Der kann so herrlich Witze erzählen, der kleine Mistkerl.

Das glaub ich nicht, dass der heute zu dir rüber kommen kann, sagte Willi und verzog sein Gesicht vielsagend. Seine Nichte Anni schaute erwartungsvoll zur Witwe. Ein kleines Lächeln verbog ihre Nasenspitze. Sie sah entzückend aus. Dührkamp konnte seinen Blick nicht von ihr abwenden.

Warum soll der nicht herkommen wollen? Der hat doch sowieso niemals nichts vor. Und bei mir rum fressen, hat ihm immer gefallen.

Sonst ja, aber heute nicht. Willi griente geheimnisvoll.

Was ist los? Hast du was gesehen?

Ja.

Was?

Der Reukschat hat Besuch.

Was, der hat Besuch? Zu dem kommt doch sonst kaum jemand. Ein paar Penner vielleicht. Und seine Verwandten, die Tochter, seine Enkel, die alte Reukschat´n, die hüten sich doch schon seit Jahren, ihn in seinem Dreckloch zu besuchen. Der hat doch bestimmt zwei Jahre nicht mehr ausgekehrt, Fenster geputzt oder Staub gewischt. Ich war vor einem halben Jahr mal drüben. Es dreht einen wieder raus. Ein bestialischer Gestank. Der lebt dort wie ein Rattenvater. Und, wie man sagt: Der Kamm auf der Butter... einfach furchtbar.

Trotzdem hat er Besuch.

Und wer ist gekommen? Ich hab nichts gesehen, nichts gehört. Du etwa? Sie fragte Dührkamp. Der schüttelt den Kopf.

Ach, Hildy, weil du andauernd mit deiner Klitsche und deinem Viehzeug beschäftigt bist.

Oder, ich muss bei dir Kühe melken, Quatschkopp.

Ja ja schon gut... also, es haben sich da zwei Kerle einquartiert. Den einen hab ich gestern schon an der Wiese bei mir hinten herumstreichen sehen. Den anderen hab ich noch nie gesehen. Ob die den Reukschat kennen, von früher oder so, ob das mal Kollegen waren oder womöglich ferne Verwandte, das weiß ich nicht. Jedenfalls müssen die seit gestern Abend bei ihm hausen... sind mit einem alten Golf gekommen. Steht hinterm Haus. Alte Klapper. Durchgerostet. Hinten kaum Luft auf den Reifen.

Dührkamp hatte bei diesen Worten ein sonderbares Gesicht gemacht, erst war es Neugier und Interesse gewesen, dann die pure Angst. Aber, er versuchte sich nichts anmerken zu lassen, versuchte gelangweilt seinen Kuchen aufzuessen und in der Kaffeetasse zu rühren.

Indes, der kleinen Nichte Anni, die ihn, so wie er auch sie, nicht aus den Augen gelassen hatte, der war die Veränderung im Gesicht, in der Haltung des jungen Mannes aufgefallen. Irgendetwas beunruhigt ihn, sagte sie sich, natürlich wusste sie nicht, was es war. So versuchte sie einen Scherz, und wie es ihre Art war, provozierte sie. Sie sagte: Vielleicht kennt der Herr Dührkamp die beiden Männer? Er ist doch viel herumgekommen.

Dührkamp lächelte säuerlich, antwortete: Wieso soll ich die Burschen kennen? Hab sie ja nicht mal gesehen.

Den einen von gestern, der unten auf der Wiese war, hab ich dir aber beschrieben, rief das Bäuerlein. Erinnerst du dich nicht mehr? Graue Jacke. Schiebermütze.

Ja gut, aber gesehen hab ich ihn trotzdem nicht... und, ein wenig ärgerlich zu Anni sagte er: Und Sie brauchen gar nicht versuchen, mich aus der Reserve zu locken – ich hab nihts gesehen und ich weiß nicht, was das für Leute sind, die jetzt bei diesem Reukschat campieren. Außer, dass ich gesehen habe, wie der Reukschat ein paar Kästen Bier und jede Menge Schnaps zu sich nach Hause geschafft hat.

Die Witwe mischte sich ein: Na, da haben wir es ja. Das ist der Beweis: Der Mistkerl hat Besuch und will sie bewirten. Na und? Das ist doch erst mal nichts Aufregendes. Dann kommt er eben nicht zu mir herüber. Auch gut. Ich brauch ihn nicht... und sie beschaute den jungen Mann wie einen neueingestellten Knecht... der war sowieso ein fauler Hund und hat immer nur gesehen, wo er was abstauben konnte.

Sie goss sich Kaffee nach, warf einen Blick auf den Tisch. Na, da sind wir ja fertig mit dem Kaffeetrinken. Anni, räum mal den Tisch ab, die Tassen und die Teller weg. Du weißt schon. Es geht auf halb Sieben und wird schon dunkler. Kalt geworden ist es auch. Wir wollen ins Haus gehen... uns die Zeit vertreiben bis zum nächsten Gang. Der Hahn wird euch schmecken, das wette ich. Und dann glotzen wir in die Röhre.

Sie gab dem Willi einen Wink: Eh Willi, komm mal her, schau inzwischen zum Reukschat rüber, ob du was Verdächtiges erkennen oder hören kannst, aber pass auf, dass sie dich nicht entdecken. Wer weiß, was das für Leute sind. Der Mistkerl hat schon immer so einen schlechten Umgang gehabt. Penner und so. Hinten bei den Beerensträuchern ist es am besten. Da sieht dich niemand. Dann kommst du rein und berichtest mir.

Dührkamp war es unwohl geworden. Dunkle Wolken zogen ihm durchs Gemüt. Er fühlte Magenschmerzen, er schwitzte, er wusste: Die sich da drüben bei diesem Reukschat einquartiert haben – das sind seine beiden ehemaligen Kumpane Uwe Scharschmidt und Karl-Georg Schwill, Kalle genannt. Sie wollen ihm auf den Pelz rücken. Wollen das Geld. Wollen ihren Anteil. Aber, er wird ihnen nichts geben. Das hat er nun mal beschlossen. Er wird die Kohle hierher holen, damit er sie sicher hat. Und er wird seinen Platz nicht räumen. Keinesfalls. Wenn er flieht, nimmt das alles kein Ende. Er muss sie hier ruhig stellen, muss ihnen klar machen, dass sie nichts kriegen, muss sie notfalls zum Schweigen bringen. Und er hat die verwegene Idee, die Witwe einzuweihen, sie ganz auf seine Seite zu ziehen. Ihr einen Teil der Beute zu geben. Sie wird, das weiß er, ihn und den Schatz wie eine Löwin mit Zähnen und Krallen verteidigen. Ja, hier ist er sicher wie nirgends sonst. Nach dem Abendessen wird er die Alu-Koffer holen, sie hier auf dem Grundstück verstecken, dann wird er der Witwe klaren Wein einschenken und mit ihr zusammen einen Schlachtplan entwerfen. Er weiß, die Aussicht auf das Geld, auf viel Geld wird sie zu seiner Verbündeten machen. Vielleicht hat sie sogar schon eine Vorahnung von allem. Ein paar Blicke und Andeutungen von ihr waren ziemlich eindeutig. Wer weiß? Sie ist eine erfahrene Frau...

Was stehst du hier wie ein Ölgötze? hört er ihre Stimme neben sich, du könntest wenigstens den Tisch und die Stühle in den Schuppen bringen. Na los! Mach schon.

Sie schaut zum Himmel. Vielleicht wird es Regen geben? Oder ein Unwetter?

Dührkamp lässt sich nicht lange bitten. Er stellt den Tisch und die Stühle im Schuppen unter. Dabei sieht er wieder die alten Teerfässer, prüft sie. Ja, hier könnte man die Beute unterbringen. Die Fässer sind nicht ganz leer. Die Koffer rein und eine Schicht Bitumen drüber. Ja, das müsste gehen. Kein Mensch würde unter dem Bitumen etwas vermuten. Auch Kalle nicht, dieser Schlauberger. Ha, ha. Plötzlich ist Dührkamp leicht ums Herz. Er tritt ins Freie, geht rüber zum Haus. Die Witwe hat ihn aus dem Schuppen kommen sehen.

Warst aber lange da drin. Was hast du gesucht?

Nichts Bestimmtes. Hab nur geschaut, was du alles noch für Schätze aufbewahrst.

Und? Bist du fündig geworden?

Wie man´s nimmt... jetzt will er ihr noch nichts sagen. Es ist zu früh.

Als er an ihr vorüber zur Haustür geht, spürt er ihren Blick. Es ist als bohre der sich in seine Seele. Verdammt, sie ahnt etwas, sagt er sich. Hoffentlich halte ich durch, zumindest solange, bis ich es für richtig halte, solange, dass ich den Zeitpunkt selber bestimmen kann, nur ein paar Stunden noch.

Im Haus haben sich Willi und seine Nichte in der Wohnstube eingefunden. Das Bäuerlein ist soeben von seiner Erkundigung hereingekommen

In einer halben Stunde gibt es den Hahn, verkündet Hildy.

Schon wieder essen, ich hab gar keinen Hunger. Willi wird unruhig, ich muss *bei meine Kühe*.

Die können warten, bis wir hier fertig sind. Wenn die mal eine Stunde später drankommen, ist auch nicht schlimm. Schalt mal den Fernseher ein. Da kommt gerade Sport. Den siehst du doch gerne. Komm Anni, wir fangen an mit dem Tischdecken. Der Salat muss auch noch vorbereitet werden. Und zwei Flaschen Roten hab ich reserviert. Schau mal nach den Kartoffeln, die müssen bald gut sein. Zum Fleischzerteilen nehm ich mir dann den Herrn Dührkamp dazu... sie schaut auf das Mädchen, als sie „Herr Dührkamp" sagte, und sie glaubt eine kleine Nervosität zu entdecken.

Willi, komm mal her. Der Kleine steht folgsam auf.

Was war denn nun, drüben bei dem Reukschat?

Nichts. Ich hab nichts gehört und gesehen. Alles ruhig. Als ob sie schlafen... oder gar nicht da wären... vielleicht sind sie weg. Den Golf hab ich auch nicht mehr gesehen... kann ich jetzt den Rotwein...

Als das Bäuerlein nämlich vom Rotwein gehört hat, bietet er sich gleich an, die Flaschen zu öffnen und die Gläser zu verteilen. Das mach ich...

Aber nicht, dass du denkst, du kannst vorher schon eine halbe Flasche leer trinken.

Nein, nein, ich will nur helfen. Ich weiß doch, was sich gehört...

So? Manchmal glaubt man das nicht.

Der Braten war wirklich hervorragend geworden, so mit kuspriger Kruste, die rotbraun und schwärzlich von Fett glänzte, mit riesigen Schenkeln und einem kolossalem Bruststück. Oh ja der Hubert – so hieß der Hahn – der wär schon ein Prachtkerl gewesen. Und wie er krähen konnte, im ganzen Dorf hätte man ihn gehört. Die Witwe sprach von ihm wie von einem guten alten Bekannten. Das Bäuerlein aß mit großem Appetit. Er schlang regelrecht die Bissen hinunter, riss das Fleisch vorm Munde ab. Er begründete seine Hast damit, dass er ja noch einmal hinüber in seinen Stall müsse. Sein Nichtchen aber würde er derweil da lassen. *Die loass ich eich als Pfand...* Keiner lachte. Die Witwe warf Dührkamp einen misstrauischen Prüfblick zu. Ob das wohl gut ginge, dachte sie. Na egal, sie würde ihn überwachen, den geilen Hengst, streng im Auge halten.

Dührkamp selber aß mit unstetem, abwesendem Blick. Er war nervös, achtete auf Geräusche, die von draußen kamen, schrak zusammen, als er Stimmen und eine Autotür zuschlagen hörte.

Gespräche kamen erst beim Wein richtig zustande. Wie das üblich ist, ging es ums Essen, dann um die Gesundheit, um Dorftratsch. Schließlich aber brachte die Studentin das Thema wieder auf die vermeintlichen Gäste des Nachbarn Reukschat. Mit wichtiger Miene erzählte sie, sie erinnere sich da eines Vorfalls, der jetzt sieben oder acht Jahre zurückliege. Sie sei damals noch in die Schule gegangen, aber weil es der erste Überfall auf einen Geldtransport nach der Wende gewesen wäre, habe sie sich alles ganz genau eingeprägt, sie habe alle Nachrichten verfolgt, alle Zeitungen gelesen. Wort für Wort wisse sie die Berichte auswendig. Heute freilich, wo jede Woche irgendein Skandal passiere, sei alles wieder vergessen. Niemand erinnere sich daran. Ob man damals hier Mielschdorf etwas mitbekommen habe? Ein Täter, das Haupt der Bande, sei heute noch flüchtig, man habe ihn bis heute nicht fassen können. Sie erinnere sich sogar seines Namens – Arnold Dühring habe er geheißen. Die anderen wären unmittelbar nach dem Überfall gefasst worden. Es waren 3 Mann gewesen. Furchterregend hätten sie ausgesehen, mit Sturmhauben maskiert. Alle seien sie bewaffnet gewesen. Einer, ein kleiner besonders rabiater Typ, habe sogar eine Panzerfaust in der Hand gehabt und auf die Wachmänner im Transporter gerichtet. Sie sei aber nicht abgeschossen worden, vielleicht auch, weil die Gangster über ihre Verwendung in Streit geraten wären...

Die Witwe, einen Knochen abnagend, fragte: Und? Anni, was willst du uns damit sagen? Nach so langer Zeit. Ich erinnere mich dunkel an die Sache. Aber das hat die Polizei doch längst zu den Akten gelegt.

Das glaube ich nicht. Damals hat es eine zehnköpfige Ermittlergruppe gegeben. Vor Gericht haben die beiden Mittäter ihren Kumpan schwer belastet. Aber die Hinweise haben nicht ausgereicht. Der Mann ist noch immer auf freiem Fuß. Wahrscheinlich ein cleverer Bursche. Heute hier, morgen da. Wechselnde Identitäten. Wechselnde Haarfarben und Outfits. Mal soll er blond und nordisch aussehen, mal dunkelhaarig wie ein Südländer. Mal wirkt er wie ein Handwerker, mal wie ein Bankangestellter, mal soll er einem wie ein Baubudenrülps vorkommen, mal wie ein Akademiker. Je nachdem. Aber er soll ein Tatoo unterhalb des Bauchnabels tragen. Einen kleinen blauen Skorpion. Hi, hi, wenn ich das mal sehen könnte... Und er hat die Kohle. Die Polizei konnte das Geld nicht sicherstellen. Eine Million achthunderttausend Mark oder mehr sollen es gewesen sein...

Mein Gott, rief das Bäuerlein, da wäre ich aus dem Gröbsten raus...

Oh, Tante Hildy, redete das Mädchen im Eifer weiter, wenn nun die Gäste von diesem Reukschat, deinem Nachbarn, mit dem Überfall etwas zu tun hätten? Die Haftzeit könnte um sein, sie könnten entlassen worden sein. Und nun suchen sie ihren dritten Mann und das Geld, wollen ihren Anteil haben. Das frage ich mich. Das ging mir durch den Kopf. Die tauchen hier auf. Ganz plötzlich. Und mein Onkel sagt, die würden wenig vertrauenserweckend aussehen... gut, Tante Hildy, ich les zu viele Krimis und ich bin ein romantisches Gemüt, aber trotzdem...

Willi widersprach seiner Nichte: Na, ganz so hab ich das nicht gesagt, Anni. Ein bisschen wild sahen sie freilich aus. Das stimmt. Aber ich stand ja nicht daneben, etwa dreißig oder fünfzig Meter weg.

Gewiss, Onkel, du hast das nicht so krass ausgedrückt, aber ich bin wie du weißt ein romantischer Typ und neige schnell zu allerlei Verschwörungstheorien. Doch, nehmen wir einmal an, setzen wir den Fall, dass ich Recht hätte... was dann?

Ach mein Kind, nahm die Witwe das Wort, das geht zu weit. Du übertreibst. Warum sollen die Burschen ausgerechnet hier in unserem Nest nach ihrem dritten Mann suchen? Hier ist doch noch nie was passiert. Und dann der Reukschat! Dass ich nicht lache! Der ist zwar ein Dreckskerl und er klaut manchmal ein bisschen, aber mit richtigen Verbrechern lässt er sich nicht ein. Da ist er viel zu feige. Nee, Anni, da bist du übers Ziel geschossen...

Und wenn man ihn gezwungen hat, ihn erpresst, ihm Gewalt antut...

Ach Anni, du mit deinen Räuberpistolen... da müssten wir doch etwas gehört haben, wenn man ihn, wie du sagst, überfallen hätte.

Vielleicht ist es Zufall, vielleicht auch kein Zufall. Vielleicht sind die Beiden wirklich die Geldtransporträuber und sie sind tatsächlich auf der Suche nach ihrem dritten Mann, hier in Mielschdorf auf seine Spur gestoßen... haben sich beim Reukschat einquartiert, weil sie ihren dritten Mann und ihr Geld in der Nähe vermuten... oder es stimmt eben nicht.

Mensch, Anni, du bist ja *eh richt´scher Detektive*, rief Willi und warf seiner Nicht einen bewundernden Blick zu.

Ach nee, rief die Nichte plötzlich und lachte, ich spinn mir nur was zusammen... die Tante wird wohl recht haben. Warum hier in Mielschdor? Das wäre absurd. Hi, hi, hi - Anni kicherte. Hat mal einer eine Zigarette?

Anni, du sollst doch nicht... Der Onkel Willi drohte ihr, aber richtig ernst meinte er es nicht.

Die Witwe sah, dass ihr neuer Mieter ziemlich blass geworden war. Alle Farbe schien aus seinem Gesicht gewichen. Was hat er denn? dachte sie. Geht ihm das so nahe? Oder hat er gar etwas damit zu tun? Ach, nee, das glaub ich nicht. Da ist der nicht der Kerl dazu... so ein gebildeter feiner Mensch. Mit zwei linken Pfoten...

Dührkamp war tatsächlich sichtlich unruhig geworden. Er rutschte auf seinem Stuhl hin und her. Auf seinen Wangen zeichneten sich rote Flecke ab. Er schien zu schwitzen.

Die Witwe hob den Arm: Willi mach mal die Tür auf. Hier ist schlechte Luft. Nicht dass noch jemandem übel wird...

Halt Moment, bitte, einen Augenblick, ließ sich jetzt Dührkamp hören, das mit dem Überfall auf den Geldtransporter möchte ich doch noch mal genauer wissen. Das interessiert mich. Ich hab davon seinerzeit nichts gehört. War nicht im Lande. Wie war das? Beste Anni, erzählen Sie bitte nochmal von vorn.

Warum willst du das hören? Dir Witwe runzelt die Stirn, hängst du etwa mit drin?

Quatsch. Würde ich sonst etwas darüber wissen wollen? Es interessiert mich einfach.

Na gut, meinetwegen, dann erzähl ihm alles noch mal, Anni – aber nicht zu lange. Wir wollen dann noch den Film gucken... und Rotwein ist auch noch da.

Macht, was ihr wollt, ich geh zu „meine Kiehe"... das Bäuerlein stand auf, drehte sich an der Tür aber nochmal um, drohte seiner Nichte mit dem schrumpelige Zeigefinger: Bleib sauber, Nicht´chen... ich komm dann noch mal wieder... Willi verschwand.

Anni wartete, bis ihr Onkel gegangen war, zündete sich eine Zigarette an – Dührkamp hatte ihr eine spendiert - und fing an:

Also, wie gesagt, es ist ein paar Jahre her und ich hab alles nur aus den Zeitungen und vom Fernsehen. Die haben damals wochenlang haben die berichtet. Quer Beet. Der erste Überfall auf einen Geldtransport im Osten. Jetzt scheint die Sache vergessen... Es ging um den Supermarkt an der Gellertstraße.

Ein Riesending. Mit Baumarkt und Polstermöbeln, mit Zoo-Markt und Gartencenter. Alles unter einem Dach. Die haben das Ding hinter dem Markt gedreht, dort, wo die Anlieferungen stattfinden. Das angrenzende Gelände – unübersichtlich, ein alter Garagenkomplex, unbenutzt, mit eingeschlagenen und halboffenen Türen, dann verwahrloste, mit Unkraut überwucherte Sportplätze. Die Anfahrt für die Anlieferungen und so weiter muss über Plattenwege erfolgen, die zerklüftet und uneben sind, auch kein Zaun, keine Absperrung oder Tore… dies alles ist seit Jahren Streitthema, keiner will verantwortlich sein. Keiner hat Geld.

Dührkamp hört aufmerksam zu. In seinem Innern läuft ein Film ab. Das stimmt nicht ganz, meine Kleine, sagt er sich. Achtzig Meter hin ist noch eine Gartensparte. Nicht groß, aber immerhin. Mit einem Fernglas kann da ein neugieriger Gartenbesitzer alles genau beobachten. Ich habe Kalle und Uwe gewarnt, aber die hatten keine Bedenken. Bis die was merken, sind wir längst wieder weg… scheiß dir nicht in die Hosen…

Anni setzt fort: Genau um 18.03 Uhr ist der Geldtransporter gekommen und auf dem holprigen Plattenweg im Schritttempo hinter den Markt gefahren. Zwei Mann im Fahrzeug. Saßen in ihren dunkelblauen Wachuniformen wie es üblich ist erst ein paar Minuten im Auto, ehe der eine – es war der Beifahrer - ausstieg und in den Markt hineinging.

Stimmt nicht, mein Kind, sagt Dührkamp zu sich, es waren drei im Transporter: Der Fahrer, der Beifahrer und einer hinten im Laderaum. Und der war das Problem. Er darf das Fahrzeug nicht verlassen. Den konnte man natürlich auch von außen nicht sehen. Schlampiger Zeitungsbericht. Typisch. Alle drei bewaffnet. Mit Pistolen. Typ Sig Sauer P226.

Anni: Die Gangster sollen sich zu diesem Zeitpunkt schon in der Nähe befunden haben. Sie waren mit zwei PKW gekommen. Die sollen sie auf dem Garagenhof versteckt haben. Man hat Reifenspuren entdeckt. Ein alter Golf II und ein Peugeot-Kombi. Die Gangster waren schwer bewaffnet, einer mit Pistole, Typ und Kaliber unbekannt, einer mit einer AK 47 –

55

landläufig Kalaschnikoff genannt   und einer mit einer Panzerfaust, russischer Bauart...

Dührkamp: Stimmt auch wieder nicht ganz. Erstens, der Transporter war zwei Minuten vor 18 Uhr schon von der Straße zum Markt eingebogen und Punkt Sechs hinten angekommen. Wir selber hockten seit halb Sechs hinter einem alten Trafohäuschen, fünfzehn Meter von der Anlieferungsrampe und dem Hintereingang des Marktes entfernt. Die Autos, das stimmt, hatten wir bei den alten Garagen versteckt, auch, weil man von da schneller auf die Schnellstraße kommt. Die Angaben zur Bewaffnung stimmen. Ich hatte die Pistole, übrigens eine Walter PP Super, 9 mm, mit zehn Schuss-Magazin, Uwe die AK 47, mit zwei Magazinen a 30 Schuss. Hatte Kalle in Tschechien besorgt. Auch die Panzerfaust hatte er in Tschechien gekauft. Er war ganz stolz auf seine Idee mit der Panzerfaust. *Wenn die uns damit sehen, haben sie sofort nasse Hosen und heben ganz automatisch die Hände. Wenn nicht, gibt es ´ne Kernschmelze...* Es war eine P 150, ein Schweizer Modell, kein russisches, mit einer Durchschlagsleistung von ca. 300 mm und einer optimalen Schussweite von 150 m. Kalle hatte zwei Granaten besorgt. Eine hatte er gleich ins Rohr geschoben, die andere trug er in seinem Rucksack. Ich war von Anfang an dagegen. Panzerfaust – so ein Blödsinn. Und wenn Kalle die anwendete, was zu befürchten war, gäbe es Tote und einen Riesenschaden. Vielleicht sogar an den Geldkoffern. *Mach ja deine Griffel nicht krumm*, warnte ich ihn, *musst ja auch die Granate schon reinschieben. Vollidiot.* Kalle war in den letzten Monaten immer aggressiver und unberechenbarer geworden, ein richtiger Killer. Er hatte auf alles und auf Jeden eine kalte Wut. *Den mach ich kalt*, war sein geflügeltes Wort. Ich hatte Angst, dass es zum Äußersten kommen könnte...

Anni: In den Zeitungen stand, dass die Drei hinter dem Trafohäuschen gewartet haben und in dem Augenblick hervor sprangen, als der Wachmann mit seinen zwei silbernen, spreng- und aufbruchsicheren Koffern aus der Hintertür des Marktes trat. Ein Mitarbeiter des Marktes hielt ihm die Tür auf, wünschte alles Gute und verschwand, indem er die Tür wieder verschloss.

Dührkamp: Oh, Mäuschen, du hast vielleicht eine Ahnung. So einfach war das nicht. Diese paar Minuten, als wir warteten, war die nervenzerfetzendste Zeit. Wir wussten, alles müsste in zwei oder drei Minuten passieren. Zum Transporter hasten, den Wachmann in dem Augenblick zu Boden reißen, wenn er vor der offenen Tür des Wagens steht und seinem Kollege die Koffer reichen will. Den Kollegen zwingen, aus dem Wagen zu steigen und sich auf den Boden zu legen. Den dritten Mann mit der Panzerfaust – so gesehen eine gute Idee von Kalle – zum Stillhalten und ebenfalls zum Hinlegen auffordern. Dann musste ich, wie wir es immer getan hatten, mit der Beute verschwinden, während Uwe und Kalle die Leute noch eine Weile aufhalten, ihnen die Funktelefone und die Waffen abnehmen sollten. So war es geplant. Aber es kam ein wenig anders...

Anni: Alles Folgende hat die Tatrekonstruktion ergeben - Der Wachmann ging also zum Transporter. Dieser stand nur ein paar Schritte von der hinteren Tür und der Anlieferungsrampe des Marktes entfernt. Die Männer waren ein eingespieltes Team. Sie waren keine Spur nervös, obwohl sich in den Koffern eine Million, achthunderttausend Mark befunden haben. Der mit den Koffern klopfte an die Schiebetür des Transporter – von außen gab es keinen Griff - er klopfte in bestimmtem Rhythmus...

Dührkamp: Wir hockten hinter dem Trafohäuschen wie Geparde zum Sprung bereit. Das Klopfen war das Signal. Es war nicht sehr laut, aber dennoch deutlich zu hören. Der Wachmann klopfte drei Mal kurz zwei Mal lang. Vom Klopfen bis zum Öffnen der Schiebetür –wir hatten das genau ausgekundschaftet und mit einer Stoppuhr gemessen – würden 35 maximal 40 Sekunden vergehen, genauso lange wie wir im schnellen, gebückten Lauf von unserem Versteck bis zum Wagen brauchen würden. Wenn einer stolperte oder zu langsam lief, war alles vorbei. Ja, wir hatten diesen Lauf getestet. Das musste sein. Ich hatte mit Stoppuhr dagestanden und gemessen. Dann hatte Uwe meine Schnelligkeit festgestellt. Am Anfang wollte es gar nicht klappen. Aber mit entsprechendem Training konnten wir uns steigern. Es waren von unserem Versteck bis zum Standpunkt des Transporters genau 44 Meter. Wir konnten ja nicht wie die Sprinter laufen, mussten uns gebückt halten, wie die GSG 9 beim Sturm auf ein gekapertes Flugzeug, um von weitem schlechter gesehen zu werden. An alles musste gedacht werden...

Anni: Dann soll es ziemlich schnell gegangen sein. Die Schiebetür wurde aufgeschoben. Zwei Hände erschienen und wollten die vorgehaltenen Koffer des Wachmannes ergreifen. Da waren die Räuber schon heran. Waffen wurden drohend. Die Panzerfaust machte großen Eindruck. Es wurde kaum gesprochen. Nur kurze Kommandos: Los raus! Alle! Auch der dritte Mann. Wer Widerstand leistet, wird sofort erschossen. Auf den Boden legen. Na los, ein bisschen plötzlich. Hände auseinander. Gesicht auf den Boden. Das bisschen Straßendreck wird euch nicht schaden. Noch während die Kommandos erteilt wurden, hatte einer der Räuber, offenbar ihr Anführer, die Silbernen Koffer ergriffen und war – ein Zeitungsmann schrieb: Eilenden Fußes! - Richtung Garagenkomplex abgehauen. Seine beiden Kumpane hielten die Wachmänner in Schach, sammelten deren Waffen und Telefone ein. Der mit der Panzerfaust war ziemlich wütend. Er fuchtelte mit der Waffe herum, macht Anstalten den Transporter in Brand zu schießen. Doch er wurde von seinem Kumpan daran gehindert. Bist du blöd, Mann. Wir sind zu nahe dran. In dem Feuerball, der da aufsteigt, gehen wir selber mit drauf. Idiot! Wir müssten erst mindestens 40 m weg sein. Und dann macht es keinen Sinn. Wenn die Wachleute drauf gehen, kennt die Polizei keine Gnade. Du machst alles nur schlimmer. Also nimm das Rohr runter...

Dührkamp: Richtig. Scharschmidt hat Kalle gewarnt, keinen Blödsinn mit der Panzerfaust zu machen. Sie hätte ihren Zweck erfüllt und den Wachmännern Angst eingejagt. Ohne diese Drohung wären sie vielleicht nicht aus dem Wagen gekommen. Auch ich hatte noch, ehe ich mit den Geldkoffern verschwand, dem Kleinen gedroht, das Rohr kalt zu lassen. Er war aber derart in Rage, dass es fast ein Glück zu nennen war, dass er die Waffe nicht abgeschossen hat. Ich rannte also zu den Autos, die bei den alten Garagen standen. Wir wollten uns an einem vereinbarten Treffpunkt treffen, einen halben Tag später. So wie wir es immer gemacht hatten...

Anni: Das Ganze dauerte viel weniger Zeit als ich hier zum Erzählen brauche. Höchstens drei Minuten. Die beiden verbliebenen Räuber verwarnten die Wachmänner, ein paar Minuten sollten sie so liegen bleiben, dann passiere ihnen nichts. Sie hatten ihnen ja Waffen und Funktelefone abgenommen. Dann rannten auch sie los – Richtung alte Garagen. Aber, als sie dort angekommen waren, passierte etwas Unvorhergesehenes. Ihr Wagen – der alte Golf – sprang nicht an. Der mit dem Geld war mit dem anderen Wagen – dem Peugeot – auf und davon. Sie murksten eine Weile an ihrem Auto herum, aber es gelang ihnen nicht, das Fahrzeug zu starten. Was nun? Sie mussten zu Fuß los. Das war der Knackpunkt. Die Wachmänner hatten den Markt und die Leute vom Markt hatten die Polizei alarmiert. Wie ausgerissene Stallhasen wurden die beiden Flüchtigen eingefangen. Sie waren noch nicht weit gekommen...

Dührkamp: Das konnten sie auch nicht, meine süße Kleine. Ich wollte ja, dass sie gefasst werden. Denn ich hatte ihren Golf, als ich bei den alten Garagen angekommen war, mit ein paar Handgriffen fahrundfähig gemacht – Zündverteiler runter gerissen, Zündkabel gekappt. Fertig. Erst hatte ich sowas nicht geplant. Aber dann im Laufen – in den paar Minuten, als ich zu den Garagen stürmte, kam mir die Idee: Es wäre alles ganz einfach. Die Beiden sollten nicht fort können, sie sollten von den Bullen geschnappt werden. Die Beute wäre dann allein in meiner Hand. Niemand wüsste, wo sie wäre. Was später würde, war mir egal... erst einmal Tatsachen schaffen. Eins Komma Acht Millionen. Menschenskind!! So einen Fang würde ich nie im Leben wieder machen... also setzte ich den alten Klapperkasten von Golf außer Gefecht, sprang in den Peugeot und weg war ich. Den Peugeot hab ich dann am nächsten Tag in einem kleinen Stausee am Stadtrand versenkt. Den haben die Bullen bis heute nicht gefunden. Das Geld hab ich gut versteckt. Und die ganze Zeit kaum etwas davon ausgegeben. So konnte nichts auffallen. Ha, ha, ha...

Doch jetzt! Wenn es wahr ist, wenn die Burschen aus dem Knast entlassen sind? Die suchen mich und die werden mich finden... verdammt... der Scharschmidt geht ja noch, aber der andere, der Kalle, der kennt keine Gnade. Der ist ein Killer. Der will nicht bloß das Geld, der will Rache. Oh, es geht um alles. Ich muss los, das Geld holen. Muss mich hier wie in einer Festung verschanzen...

Dann fiel ihm ein: Die Witwe! Verdammt, die Witwe! Was mach ich mit der?! Weihe ich sie ein? Sag ich ihr alles? Oder...? Mach ich sie stumm? Das weiß der Teufel. Ach, werde es sehen, werde sehen... Egal, erst mal los. Hauptsache ist, wie ich hier für ein, zwei Stunden wegkomme...

Dies alles ging dem Dührkamp im Kopf herum. Aber man sah es ihm nicht an. Er saß ganz brav auf seinem Stuhl, ein Typ wie ein Schwiegersohn, das Hemd sauber, die Haare gekämmt, frisch rasiert. Mit glänzenden dunklen Augen und lächelndem Mund...

Anni: Ja, so war das damals im Großen und Ganzen. Die beiden Miträuber wurden verknackt. Zu je acht Jahren, glaub ich. Zum Prozess konnte ich nicht gehen. Aber ich hab alles genauestens verfolgt. Eigentlich müssten die Beiden jetzt wieder frei sein... die Knastzeit müsste um sein...

Die Witwe, die mit dem Abräumen des Tisches begonnen hatte, wischte sich die Hände an einem Wischtuch: So, nun ist aber gut, kleine Anni. Nun haben wir alles gehört und der Herr Dührkamp hat seine Geschichte bekommen... jetzt sind wir im Bilde.

Zufrieden? fragte sie den Dührkamp.

Der nickte, lächelte. Vollkommen zufrieden. Lieben Dank. Kann ich noch was helfen?

Ja, sagte die Witwe, kommt ihr Beiden gleich mit in die Küche. Da können wir schnell noch alles abwaschen. In zehn Minuten fängt das Fernsehprogramm an. Das will ich heute nicht verpassen. Ein französischer Krimi mit Michel Serrault und dem Delon... den sehe ich so gerne. Und dann den Rotwein, der passt so wunderbar dazu, den können wir auch noch alle machen. Notfalls gibt´s noch ein weiteres Fläsch´chen. Also, Herrschaften, auf geht´s...

Es ist eine frische Augustnacht. Nicht kalt, aber frisch. Am Osthimmel regnet es silberne Leuchtblitze. Sternschnuppen. Die Perseiden. Im Nachschatten des Hauses ist eine menschliche Gestalt zu sehen. Nur vage und undeutlich. Ab und zu glimmt mitten in ihrem Umriss ein rotglühender Punkt auf. Die Gestalt ist der junge Mann Arne Dührkamp. Er raucht. Er hat sich vom Fernseher weggestohlen. Die Witwe ist eine Viertelstunde nach Filmbeginn in ihrem Sessel eingeschlafen.

Der Fernsehlärm, Reden und Musik, erst leiser, werden jetzt lauter, die Haustür geht auf und aus dem Lichtviereck ins Dunkle tritt eine schmale Mädchengestalt. Es ist die Kunststudentin Anni. Sie sieht den Rauchenden, geht auf ihn zu.

Haben Sie mal noch eine?

Sag ruhig „Du" zu mir.

Kannst du mir bitte noch eine Zigarette geben?

Schläft die Hildy noch in ihrem Sessel?

Ja, sie schläft. Mich interessieren diese alten Filme nicht. Besonders, wenn es keine deutschen sind. Erstens kenn ich die Schauspieler nicht, dann ist das alles so unmodern, so vorhersehbar...

Schnarcht die Alte?

Ja und wie, der Kopf hängt über die Sessellehne nach hinten.

Hier hast du eine Zigarette... er reicht ihr die Schachtel. Brauchst du Feuer?

Nein, habe mir ein Feuerzeug mit rausgebracht.

Stille. Sie rauchen.

Von Ferne hört man einen Hubschrauber. Seinen blubbernden Motor und das Rattern der Rotorblätter. Das Geräusch kommt mal näher, mal entfernt es sich.

Er sagt: Das ist wegen des Bundesliga Spieles. Im großen Stadion ist es vor einer Stunde zu Ende gegangen. Trotzdem fliegen sie jetzt die Stadt ab und schauen nach, ob irgendwo Randale stattfinden... vielleicht filmen sie auch. Nicht mal bei einem Fußballspiel bleibt der Bürger unbeobachtet...

Wieder Stille. Schweigen.

Dührkamp tastet in seinen Taschen nach dem Hausschlüssel. In ein paar Minuten muss er weg. Und er muss geräuschlos zurückkehren. Plötzlich richtet er den Kopf auf. Er glaubt Schritte zu hören. Eine Gartenpforte knarrte. Kommen sie jetzt schon? Doch, es ist wieder still. Irgendwo im Dorf bellt ein Hund. Ein zweiter antwortet.

Anni steht neben ihm. Er ahnt ihre Gestalt, spürt ihre Wärme, mehr als er sie sieht. Unbeweglich steht das Mädchen neben ihm und raucht.

Es ist kalt, sagt er nach ein paar Minuten.

Ja, man freut sich schon auf das Bett.

Ich habe mein Jackett drin gelassen.

Soll ich es holen?

Das wäre nett... und schau gleich, ob die HIldy noch schläft... bitte.

Nach wenigen Augenblicken ist Anni zurück. Sie stellt sich noch näher neben den Mann. Fast berühren sie sich. Hier, Ihr Jackett! Es scheint verschwitzt und riecht ein bisschen. Sie sollten es reinigen lassen oder sich etwas Neues kaufen.

Ja, ich weiß. Gib her... er zog das Jackett über. Schläft sie noch?

Ja, lachte Anni leise, sie schläft und der Fernseher läuft. Nach dem Film kommt noch einer. Ein Spätfilm. Den wird sie wohl auch verschlafen.

Das ist gut, murmelte der junge Mann, und fast flüsternd fügte er hinzu: Ich muss gleich mal für eine Stunde weg... halten Sie die Stellung. Und wenn die Alte aufwacht und ich bin noch nicht zurück, erfinde irgendwas... bin mal austreten. Irgendwas. Klar?

Ja, geht in Ordnung. Vielleicht geh ich auch rüber zum Onkel. Der wird, denke ich, nicht mehr zurück kommen. Wer weiß, was der treibt. Vielleicht ist er auch eingeschlafen… wo müssen Sie denn überhaupt hin? Sie ist wieder zum „Sie" zurückgekehrt.

Muss einen Schatz bergen. Und Schätze kann man nur im Dunkeln heben.

Psst. Nichts verraten. Er legt ihr den Finger auf den Mund. Anni nimmt den Finger in ihre Hand, hält ihn eine halbe Minute, dann lässt sie ihn mit einem Seufzer los.

Anni! flüstert der junge Mann. Ihm hat das Herz geklopft, als sie seinen Finger hielt, er hat den Atem angehalten, hat den Finger steif gemacht und er dachte: Begreift sie, was los ist?

Anni? flüstert Dührkamp ein zweites Mal.

Sie aber reagiert nicht. Ihre Arme hängen herab, in der linken die glimmende Zigarette.

Anni…

Nun, was ist? antwortet sie ein wenig lauter

Er ist sich unsicher, die Angst vor einer Blamage hemmt ihn. Er flüstert, indem er ihr den Kopf zudreht: Warum?

Sie hebt die Hand mit der Zigarette hoch: Schade. Jetzt ist sie ausgegangen. Aber die war eh gleich alle… geben Sie mir noch eine?

Er gibt ihr die Zigarette.

Haben Sie Streichhölzer? Mein Feuerzeug ist weg. Ich muss es drinnen gelassen haben.

Nur Streichhölzer, weiter nichts.

Das Hölzchen flammt auf. Für einen Moment sehen sie sich an. Er sieht die Streichholzflamme im Spiegel ihrer Augen. Eine wilde Lust ergreift ihn.

Geben Sie her.

Sie nimmt das flammende Hölzchen, brennt sich die Zigarette an, wirft das verkohlte Hölzchen achtlos neben sich.

Dührkamp tritt ganz nahe an das Mädchen heran, er fasst sie bei den Schultern, nicht gewalttätig, sondern ergeben, fast bittend.

Sie schaut zu ihm auf: Was wollen Sie?

In ihrem Gesicht sind Abwehr und Widerwille, sogar ein bisschen Verachtung.

Anni... flüstert er, wenn du wüsstest.

Da lacht sie, tritt einen Schritt weg von ihm. Kommen Sie, machen Sie sich nicht lächerlich, spielen Sie hier nicht Theater. Gehen Sie, machen Sie Ihren Gang, holen Sie Ihren Schatz...

Er blickt ihr in die Augen. Es ist eine Art Kontrollblick. Ahnt sie etwas? Weiß sie, welchen Schatz er meint? Es war ein Fehler, so kurz nach dem erzählten Raub von einem Schatz zu sprechen. Ja, es war ein verdammter Fehler... er wollte Eindruck machen, wollte sich interessant machen, immer bei hübschen Weibern passiert ihm das... und diese Anni ist ein pfiffiges und besonders hübsches Kind...

Er will sie noch einmal berühren, streckt die Hand aus, da wendet sie sich ab, geht zum Haus zurück, hebt im hellen Viereck der offenen Tür, ohne sich umzudrehen den rechten Arm, ruft leise: Adieu! Viel Glück!

Dührkamp seufzt leise. Er geht zum Schuppen, dort hat er die Pistole versteckt, nimmt die Waffe und verschwindet lautlos im Dunkel der Augustnacht...

Als er bei seiner Rückkehr den nächtlichen Schatten des Hauses der Witwe sieht, schaut er auf die beleuchtete Armbanduhr: Es sind fast zwei Stunden und zweiundzwanzig Minuten vergangen. Das ist noch eine halbwegs gute Zeit. Er hat sich beeilt. Alle Fenster sind dunkel. Die Witwe wird zu Bett sein, sagt er sich, und die kleine Anni hinüber zu ihrem Onkel. Auch die wird jetzt in ihrem Bett liegen. Er seufzt.

Doch dann sieht er in einem Fenster des Erdgeschosses hinter der nicht ganz geschlossenen Gardine ein bläulich flackerndes Glimmen. Sollte etwa der verdammte Fernseher noch immer laufen? Sollte die Alte vor dem Flimmerbild ausgeharrt haben? Oder sollte sie uns alle getäuscht und nur so getan haben, als ob sie schliefe? Sollte sie mir damit nur die Möglichkeit zum Entwischen gegeben haben, um jetzt umso sicherer auf meine Rückkehr zu lauern? Wie eine alte erfahrene Katze vor dem Schlupfloch ihrer Beute. Vielleicht hockt sie gar nicht vor dem Fernseher, sondern irgendwo im Dunkeln versteckt? Und den Fernseher hat sie nur zur Täuschung eingeschaltet gelassen. Sollte sie also nur deshalb hier irgendwo versteckt hocken, weil sie wissen will, wohin ich mit meiner Beute verschwinde, wo ich sie verstecken will? Dieser alten Hexe ist alles zuzutrauen. Na warte! Ich werde auf der Hut sein...

Dührkamp ist mit zwei großen Taschen aus buntbedruckter Gewebeplastik zurückgekehrt. Sie haben lange gelbe Tragegurte. Er hat sie sich über die Schultern geworfen und er schätzt, dass sie zusammen ungefähr acht Kilo wiegen, je vier der einzelne Silberkoffer pro Tasche.

Als er noch ein paar Meter vom Grundstück der Witwe entfernt ist, hört er wieder Schritte und es knarrt die Gartenpforte beim Nachbarn. Er nimmt die Taschen von den Schultern, hockt sich hin. Sein Herz klopft wie wild. Er tastet nach der Waffe in seiner Hosentasche. Sie ist noch da. Es ist ein beruhigendes Gefühl, die Waffe zu fühlen. Sie ist an seinem Körper warm geworden und fühlt sich glatt an. Jetzt hört er wieder die Schritte. Aber es kommt ihm vor, als ob diese jetzt vom Hof der Witwe kämen. Schwere Schritte einer gewichtigen Person. Aber leise aufgesetzt, mit den Hacken zuerst und dann zur Fußspitze abgerollt, so wie man geht, wenn man wenig Geräusch machen will. Er erinnert sich, so ist er als Kind, allerdings barfuß, in der elterlichen Wohnung umhergeschlichen, wenn er auf nächtlicher Schokoladen- oder Bonbonjagd war. Zuerst die Ferse aufsetzen und dann zu den Zehen abrollen. Plötzlich. Er erschrickt, zuckt zusammen. Neben ihm, keine fünfzehn Meter entfernt, werden die Stallfenster hell. Willi beginnt sein morgendliches Tagwerk. Er hat die Lattentür und die dahinter liegende Halbtür, die ein wenig knarrt, geöffnet. Stallgeruch dringt bis hierher auf den Weg. Ein zögerndes, verschlafenes Muhen ist zu hören. Ketten klirren. Nein, sagt sich Dührkamp, die Schritte eben sind wohl doch harmlos gewesen.

Er erhebt sich vorsichtig, nimmt die Taschen auf und schleicht sich, darauf bedacht, wenig Geräusch zu machen, auf das Gelände der Witwe. Bis zum Schuppen, wohin er muss, weil er dort in den alten Teerfässern seine Beute verstecken will, sind es nur noch wenige Schritte. Glücklicherweise ist dies auch die dunkelste Stelle des ganzen Anwesens. Die Schuppentür geht fast geräuschlos auf, er hat sie in den letzten Tagen vorsorglich geölt. Er tastet sich zu den Fässern.

Ah, da sind sie!

Er fühlt die rostige Oberfläche. Behutsam stellt er die Taschen mit den Geldkoffern ab.

Es ist stockfinster.

Als er aber den Deckel des ersten Fasses abnehmen will, fühlt er plötzlich etwas Weiches, Warmes, berührt Finger, einen Daumen – eine menschliche Hand.

Das Herz will ihm stehen bleiben. Er will rufen: „Wer ist da?", tritt einen Schritt zurück. Aber, er weiß ja, wer da ist, er weiß, wessen Hand er berührt hat. Es ist die Hand der Witwe gewesen. Sie also hat sich hier versteckt und auf ihn gewartet.

Sie hat sich nur verstellt – sie weiß alles!

Und wie zur Bestätigung seiner Gedanken, hört er die Witwe sagen:

Da staunst du, was, mein Kleiner? Ich bin es. Deine Brot- und Quartierherrin. Ha, ha,- ja, stell dir vor, ich hab hier auf deine Rückkehr gewartet...

Sie können sich nicht sehen, weil es tatsächlich zu dunkel ist, aber sie stehen sich nur zwei Meter entfernt gegenüber und reden miteinander.

Er fragt nur: Warum?

Die Witwe: Ich wollte dich überraschen.

Dührkamp: So weißt du alles?

Nun ja, nicht alles, aber das meiste, weiß ich. Ja.

Seit wann weißt du es?

Ach, das ist nicht so wichtig. Schon, als du an meinem Gartenzaun standest, hatte ich so eine Ahnung. Wenn ein

Mensch wie ich so alt geworden ist, da kennt er die Menschen. Keiner kann sich so verstellen, dass man nicht hinter seine Geheimnisse kommt. Nicht sofort, aber mit der Zeit. Sozusagen Stück für Stück. Ich habe dich beobachtet. Die ganze Zeit. Schon als du mir reinen Wein einschenken wolltest. Weißt du noch? Vor ein paar Tagen war das. Als ich die Ungläubige spielte. Und du großspurig glaubtest, ich sei eine alte vertrottelte Frau, die man nach Belieben verarschen, der man irgendein Märchen auftischen kann.

Und dann besonders gestern. Als die Kleine die alte Geschichte von dem Raub erzählte. Deine Mimik sprach Bände. Du hast vielleicht gedacht, du kannst es verbergen. Dachtest, du seiest der große Zampano mit dem Pokerface. Pustekuchen, mein Lieber. Dein Gesicht war wie ein Film für mich. Alles sah ich. Alles war da zu lesen. Und zum Schluss war mir klar, was du für ein Kaliber bist. Ich brauchte dich nur noch das Geld holen zu lassen…

Und das hast du ja jetzt geholt. Nicht wahr? Das steht doch jetzt zu deinen Füßen, da in den Alukoffern, verhüllt von den Tragetaschen? Auch, wenn ich es jetzt nicht sehen kann wegen der Dunkelheit, ist es doch da, das liebe Geld? Oder?

Eine kleine Pause des Schweigens entstand. Man hörte Dührkamps Atem, der gepresst und schnell ging. Er glaubte irgendetwas blitzen zu sehen. Hat sie ein Messer? Oder eine Eisenstange? Eine Mistgabel? Dann sagte er: Was glaubst du, was jetzt mit Dir passiert? Was denkst du, was du jetzt mit deinem Wissen noch anfangen kannst?

Willst du mich umbringen? So dumm bist selbst du nicht. Wenn man so alt ist, wie ich, da trifft man Vorsorge. Du kannst dir vorstellen, dass ich für den Fall der Fälle einen kleinen Zettel hinterlegt habe, auf dem alles steht. Ja, stell dir vor, eine so alte Kuh wie ich die sichert sich ab. Die lässt sich nämlich nicht so einfach hinterrücks abmurksen. So alt bin ich nun auch wieder nicht, dass mir das Leben piepe wäre. Da will ich schon noch was haben, vom Leben…

Das stimmt. Da hast du recht. Nein, nein tot würdest du mir mehr Ärger machen als lebendig… Ja, es stimmt, wir sollten

Beide doch noch was haben vom Leben. Und jetzt, wo ich... wo wir die Mittel haben, ha, ha... wie viel verlangst du?

Ach, mein Lieber, so schnell muss das ja nun nicht sein. Da will viel bedacht werden. Zuerst will ich Einiges wissen... und das wirst du mir sagen, das wette ich... nicht hier im Dunkeln in diesem Schuppen, wo es nach Mäusedreck riecht... nein, vielleicht drüben in meiner Stube bei einem Glase Wein... oder? Und da geht es nicht nur darum, dass ich das Geld überhaupt erst einmal sehen will, nein, da geht es um einiges mehr...

Dührkamp musste husten. Es war dies aber kein Husten, weil er etwa erkältet wäre, nein, es war ein Husten wie man ihn bekommt, wenn die Aufregung zu groß wird.

Ich wusste, sagte er und hustete wieder, ich wusste, dass du eine Frau bist, die ihren Vorteil zu nutzen versteht... wenn ich auch ziemlich überrascht bin, so gefällst du mir mehr und mehr... wir sollten Partner werden... Partner, ja, was denkst du, sollten wir das?

Partner? Etwa Geschäftspartner? Nein, ich weiß nicht. Da kenn ich dich nun doch noch nicht gut genug. Partner?! Ja, vielleicht sollte so eine Partnerschaft sogar auf noch festere, sozusagen zivile gesetzlichere Füße gestellt werden... damit sie nicht bei leichtem Wind wieder infrage gestellt werden kann, so eine Partnerschaft, und damit der eine Partner nicht davon segelt wie ein Blatt vom Baume... wir werden sehen...

Er sah sie nicht, aber er wusste, die schlaue Hildy lächelte. Oh ja, sie würde ihr Lächeln aufsetzen, das er schon an ihr gesehen hatte, dieses spöttische, zufriedene Lächeln, welches sie jünger und unternehmungslustiger aussehen ließ.

Sie sprach weiter: Doch, eines nach dem anderen. Zuerst müssen wir das Geld in Sicherheit bringen. Bank geht nicht. Das ist klar. Also muss es hier passieren. Ich weiß, du wolltest die alten Teefässer nutzen. Ich halte das für unüberlegt und nicht sicher genug. Ich dachte an einen anderen Ort, einen Ort, wo selbst die hartgesottensten Verfolger nicht drauf kommen, geschweige denn sich daran vergreifen würden...

So?? Wo wäre das denn? Ich bin gespannt.

Du wirst staunen, mein Lieber. Wir brauchen zuerst zwei luftdichte und nicht korrodierbare Behälter.

Wie meinst du das?

Zwei Behälter, die luftabgeschlossen und die Säure beständig sind und außerdem relativ leicht. Ich weiß schon. Komm mal mit... aber leise... Deine Taschen kannst du einstweilen dort stehen lassen. Die holt dir niemand weg. Jetzt nicht. Außerdem sind wir ja in der Nähe... Sie gingen hinters Haus, wo allerlei Gerümpel lag. Die Witwe nahm eine altersschwache Taschenlampe und leuchtete zwei koffergroße weiße Plastikbehälter an. Die sind richtig, flüsterte sie, waren mal für den Pflanzenschatz gedacht, hab sie mir von der Düngerbrigade der LPG geben lassen, hab jahrelang mein Saatgut drin aufbewahrt. Schau den Verschluss, mit Abdichtring und einem richtigen Hebel. Da kommt das Geld rein. Natürlich raus aus den Koffern in Plastiktüten. Dann noch ein paar Steine... Wozu Steine? fragte der junge Mann.

Na zum Beschweren, du Knallkopp, die Witwe lachte kurz auf, dort hinten ist meine alte Jauchegrube. Zwar sind wir schon seit zwei Jahren an das örtliche Abwassernetz angeschlossen. Zahle ein Haufen Geld dafür. Aber meine alte Grube hab ich immer noch. Manche haben ihre alten Gruben zugeschüttet. Ich nicht. Gehen ungefähr 7.000 Liter rein. Ist 4 Meter lang, und 5 Meter breit, aber auch 3 m tief. Da kannst du feiner Pinkel nicht drin stehen, ha, ha, ha. Dort versenken wir die Behälter, natürlich mit einem dünnen Stahlseil gesichert, wie eine Reuse, ha, ha – kein Mensch wird sie finden, geschweige denn dort suchen. Schon wegen des Geruchs geht niemand Fremdes näher ran. Ist das nicht eine Tausendmal bessere Idee als deine blöden Teerfässer? Weißt du, einmal ist, das war im letzten Jahr, weil die Abdeckbretter nicht richtig Stoß an Stoß lagen und eine Spalte gelassen hatten, ein Schaf drin ersoffen. Glücklicherweise nicht eines von meinen, sondern eines vom Reukschat, das zu uns rüber gekommen war. Es wollte meinen Klee fressen, den ich immer nachmittags aufschütte. Klee gibt ihnen der Geizkragen Reukschat nicht. Ja, es ist qualvoll umgekommen, ich wollte es noch retten, aber es war schon zu spät. Man ersäuft in der Jauche schneller als in klarem Wasser. Viel schneller, um ein Drittel schneller. Warum weiß ich nicht, wahrscheinlich wegen der Gase und Giftstoffe. Deshalb, mein Lieber, aufgemerkt. Die Grube eignet sich auch als Todesfalle für unliebsame Besucher. Verstehst du? Wer da daneben tritt und nicht aufpasst, weil wieder mal die Bretter nicht dicht beieinander liegen – der plumpst hinein. Am Rande hab ich vorsorglich schon vor einem halben Jahr Stacheldraht gezogen. Von wegen, wenn sich da mal ein Unfallopfer hochziehen will. Klar? Ha, ha, ha... als alleinstehende Frau musst du gewappnet sein. Die Witwe lachte kurz auf.

Na nun komm, wir wollen das alles vorbereiten. Ausruhen kannst du später. Erst will ich mal das Geld sehen. Das machen wir in der Küche. Ich geh schon mal vor, du holst das Geld. Dann lassen wir es in der parfümierten Brühe verschwinden und dann... nach getaner Arbeit trinken wir noch ein Gläschen Wein... Einverstanden?

Dann los... na komm, was trödelst du?

Sie ging ins Haus. Es war dunkel in allen Räumen, nur der Fernseher lief noch... entschlossen schaltete sie ihn aus. Wir wissen, der Nachbar Willi war nicht mehr wiedergekommen und seine Nichte, gleich nach dem Disput mit Dührkamp, ebenfalls verschwunden...

Das Feuer in der Küche war ausgegangen. In einem Haufen weißer Asche glimmten noch ein paar Scheite und hielten die Wärme. Vielleicht schafften sie bis zum Morgen, dann könnte man mit wenig Aufwand das Feuer für den Kaffee anfachen.

Der junge Mann blieb mit seinen Taschen zögernd in der Küchentür stehen.

Die Witwe, sie drehte ihm den Rücken zu, sagte: Weißt du, dass das unser erster Sonntag ist? Da können wir uns ganz entspannt ein Gläschen leisten. Um diese Zeit, sie schaute kurz zur Küchenuhr, die halb Vier zeigte, schmeckt ein Zwetschgenschnaps ganz wunderbar. Willst du? Ich gieß dir mal ein Gläschen ein.

Willi liegt nicht mehr im Bett, er hockt unter seinen Kühen und stört uns nicht. Seine kleine Nichte schläft tief und fest wie alle jungen Mädchen und wird wohl vor um zehn Uhr nicht aus den Federn steigen.

Ja, sprach sie weiter, redete ganz so, als ob Dührkamp sie darum gebeten hätte, ja ich hab mit dem Trinken angefangen, zwei Monate nach dem Tod meines Mannes. Erst war es Trosttrinken, dann kam ich nicht mehr davon los. Der Reukschat, dieser Lumpenkerl, dachte, er hätte bei mir leichtes Spiel. Immer brachte er mir ein Fläschchen mit. Er ist um mich herumgeschlichen wie ein räudiger Kater. Sogar, als ich unter der Dusche stand, ist er gekommen, wollte mir den Rücken seifen, der alte Lustmolch, ha, ha, na gut, mich abtrocknen hab ich ihn mal gelassen...

Na komm, mein Lieber - trink. Setz deine Taschen ab, steh nicht hier rum wie ein Ölgötze. Das ist ein fünfjähriger Schnaps, weißt du, von mir selber gebrannt. Hast du im Keller die Destille stehen sehen. Na bitte. Sowas kann ich...

Dührkamp hatte sich an den Tisch gesetzt und sein Glas ergriffen. Mit einem Ruck kippte er den Inhalt in den Rachen.

Keine Kultur, diese Jugend. So trinkt man das edle Gesöff nicht, tadelte sie. Sieh her! So macht man das. Und sie trank den Schnaps aus ihrem Glas in kleinen bedächtigen, lustvollen Schlucken.

Der junge Mann sah auf ihren Mund, auf ihren Hals, die Hände — und fand das alles noch sehr gutaussehend und sinnlich. Die hat ja eine glatte, schöne Haut, fast wie eine Zwanzigjährige, schwärmte er. Er stellte sich ihre Brust, den Bauch, die Schenkel vor. Ja wirklich alles wie bei Rubens... es müsse ein besonderes Erlebnis sein...

Die Witwe, mit einem Seitenblick, hatte gesehen wie er sie anschaute. Sie überlegte, ob sie ihm noch ein Glas geben sollte, entschied sich dann aber, dass dies nicht nötig sei...

Ihr Blick glitt an Dührkamp herunter. Sie lächelte...

Wie lange willst du noch in deinen furchtbaren Klamotten hier herumlaufen? Das ist doch kein Anzug mehr. Und das

Hemd erst. Nein, so geht das nicht... Kannst du nur noch zum Arbeiten im Garten und beim Vieh anziehen...

Dührkamp entgegnete: Wolltest du nicht das das Geld sehen, wollten wir es nicht zählen? Und ein bisschen müde, bin ich auch. Schau auf die Küchenuhr... und im Stillen dachte er: Was ist das nur für eine Frau.

Ach, Kerl. Das hat alles noch Zeit. Werd nur nicht unruhig. Das Geld läuft uns nicht weg. Und Schlafen kannst du auch noch genug.

Vielleicht, sprach sie weiter, vielleicht sind oben noch zwei, drei Anzüge, ein paar Hosen und Hemden, die dir passen? Mein Mann hatte ungefähr die gleiche Figur. Sind ja höchstens drei, vier Jahre alt, die Sachen, also für einen Mann wie dich noch lange nicht veraltet...

Außerdem, ich muss sowieso hoch, mein gutes Kleid ausziehen. So kann ich hier nicht rumlaufen, wenn es Arbeit gibt.

Komm, wir gehen mal rauf. Lass deine Taschen ruhig stehen. Da kommt nichts weg, glaub mir.

Sie stieg die alte, knarrende Holzstiege nach oben. Er ging hinter ihr. Er roch ihren Körper, den Geruch, der aus ihrem Kleid kam, sah ihre Waden, die Fesseln.

Ihr Schlafzimmer war sauber, mit weißer, schmuckloser Tapete bezogen. Über dem Kopfteil des Bettes ein Bild. Seelandschaft mit Schleppkähnen. Das Doppelbett und der Kleiderschrank aus heller Birke. Als sie ihn öffnete, entströmte ihm eine Geruchsmischung von Mottenpulver und Lavendel.

Hier! Probier mal die Hose an. Und auch gleich das Jackett. Kannst du getrost als Kombination anziehen. Hellbraun und Grau, das geht zusammen. Stammt alles noch von Guntram – Pardon, das war mein Mann. Hat alles wenig getragen.

Sie hatte die dunkelblauen Vorhänge zugezogen und eines der beiden Nachttischlämpchen eingeschaltet. Ein sanftes gelbes Licht breitete sich aus. Die gewölbte Bettdecke auf dem Doppelbett erstrahlte in mattem Weiß. Es sah aus, als hätte sie ein aufmerksamer Zimmerservice soeben aufgeschüttelt.

Genierst du dich etwa? Du hast eine hellolivenfarbige Haut wie ein Mädchen aus dem Süden, wie eine Sardinierin. Gleich nach der Wende waren mein Mann und ich mal in Sardinien. Da haben wir solche Menschen mit solcher Haut gesehen.

Sie lachte ein etwas verkrampftes Lachen und tat so, als ob sie sich wegdrehte. In Wahrheit aber blickte sie verstohlen auf sein Glied, das sich, als er die Hosen auszog, aus der Unterhose selbstständig gemacht hatte.

Dir fehlt die Routine, was? Wann hattest du das letzte Mal eine Frau?

Was sich dann ergab, riefen in Dührkamp alte Erinnerungen wach, Erinnerungen, als er zusammen mit Uwe häufig bei Älteren, sogenannten Fabrikmädchen, gewesen war: derselbe derbe Stil, die gleichen obszönen Worte. Die zupackende, schnelle Art die Initiative zu ergreifen und zum Ende zu kommen. Den Mann, weil er jünger ist, als das hemmungslose Objekt der Begierde zu behandeln, von ihm rücksichtslos Besitz zu ergreifen.

Das Ganze dauerte nur wenige Minuten und trotzdem hatte es ihn vollkommen erschöpft. Er lag auf dem Rücken mit ausgebreiteten Armen, nackt, verschwitzt, erschöpft. Und er hatte Durst. Aber er dachte sofort wieder an sein Geld.

Na, zufrieden?

Er sagte nichts. Wenn du wüsstest, dachte er nur und blickte hinauf zur niedrigen weißgekalkten Zimmerdecke, wo sich zwei Fliegen paarten. Große sogenannte Schmeißfliegen. Sie summten und wirbelten und fielen dann zu Boden…

Die Witwe sprach auf ihn ein wie auf einen Schuljungen: Eines sag ich dir gleich nach dem ersten Mal, mein Lieber: Denk ja nicht, dass du mich ausnutzen kannst. Ich bin hier der Chef im Ring. Du machst mir nichts vor. Was nicht heißt, dass wir es nicht ab und zu treiben könnten… durchaus auch mal so, wie es dir gefällt. Da bin ich tolerant… nur keine Schweinereien und so was, von wegen Arschficken, Anpinkeln… Verstanden? Hast du mir zugehört?

Ja, ja, sagte er gedehnt.

Sie zog wieder ihre rosa Unterwäsche an, ihr altes Hauskleid.

Wie gesagt, ergänzte sie, jetzt etwas milder, Arbeit bleibt Arbeit... und die geht immer vor. Klar?

Er schwieg, nickte und begann sich anzuziehen.

Sie sagte: Nein halt, warte. Solange du noch nicht fertig angezogen bist, kannst du hier gleich noch diese Hemden und die cremefarbene Hose anprobieren... sie legte ihm die Sachen aufs Bett.

Na bitte, passt doch. Da hast du gleich was für diese Woche.

Noch was oder kann ich mich jetzt fertig anziehen? Sein Gesicht zeigte deutlichen Missmut.

Nein gut, zieh dich an... na, da wollen wir mal das Geld besichtigen gehen... und es dann verschwinden lassen wie wir es besprochen haben... dann können wir noch was trinken... und vielleicht reden, wie das alles zugegangen ist und weiter zugehen wird... aber, ach was, ich glaube, ich werde dann zu müde sein und ins Bett wollen... du bestimmt auch, oder?

Wieder nickte er, stand wortlos auf, ging die Treppe hinunter. Sie folgte ihm.

Bis kurz nach Fünf zählten sie das Geld. Es war schon hell geworden. Das war schlecht, denn sie konnten die Kanister mit dem Geld nur im Dunkeln in der alten Jauchegrube versenken. Täten sie es am hellen Tag, bestünde die Möglichkeit, dass ihr Tun von einem der Nachbarhöfe, zum Beispiel von Reukschauts Behausung aus, gesehen werden könnte. Diesem Risiko durften sie sich auf keinen Fall aussetzen.

Also, hör zu, sagte die Witwe. Wir schließen es derweil im Kartoffelkeller ein.

Es waren genau 1 Million und sechshundertfünfundfünfzigtausend Mark, dazu ein bisschen Kleingeld.

Kartoffelkeller?

Ja. Wer soll schon in unseren Kartoffelkeller wollen? Diesen einen Tag muss es noch gehen. Heute nach Mitternacht wird es dann versenkt. Punktum. Noch Fragen? Gut, na dann wollen wir uns jetzt ein oder zwei Stündchen aufs Ohr legen.

Geh hinauf in deine Dachkammer... und, da er Augen machte, rief sie entrüstet: Was glaubst du? In meinem Schlafzimmer schlaf ich allein. Kannst ja oben Rundumbeobachtung machen, wenn dich das beruhigt... Gute Nacht.

So geschah es.

Dührkamp, oben in seiner Dachkammer, konnte nicht schlafen. Er saß auf dem Bettrand, den Kopf in die Hände gestützt. Er dachte nach. Er wusste nicht, ob das alles richtig war, auf das er sich hier eingelassen hatte. Aber was sollte er machen? Jetzt, wo das Geld hier war, konnte er sowieso nicht mehr weg. Er war der Alten auf Gedeih und Verderb ausgeliefert. Und dann waren da noch seine alten Freunde, die drüben beim Nachbarn nur auf die Gelegenheit warteten, loszuschlagen, sich ihren Anteil zu holen und ihn, wenn es notwendig war, zu erledigen. Ja, er war in einer aussichtlosen, vertrackten Lage.

Schließlich legte er sich doch noch hin und schlief einen tiefen, traumlosen Schlaf.

Als er erwachte, war es heller Tag. Das kleine Dachfensterchen war offen geblieben. Er hörte die Vögel singen, hörte auf die Geräusche des Dorfes, ferne Rufe, irgendwo tuckerte ein Traktor vorbei, Hundegebell, das Schnattern der Gänse, eine Kreissäge, er sah nach dem Stand der Sonne. Wie spät mochte es sein? Vielleicht eine Stunde vor Mittag? Wo hatte er nur seine Uhr? Er musste sie unten in der Küche gelassen haben. Als er unten ankam, war die Witwe schon bei der Küchenarbeit. Sie drehte ihm den Rücken zu, schälte Kartoffeln, aber er merkte gleich, dass sie ihn etwas fragen wollte. Zuerst natürlich, der Anraunzer: Das ist ja sehr schön, sagte sie, dass der Herr schon ausgeschlafen haben. Schau mal auf die Uhr – es ist gleich halb zwölf.

Er antwortete mit einer Frage: Sag mal hast du meine Uhr gesehen?

Ja. Die liegt dort drüben, neben den Zeitungen.

Sie drehte sich um, wischte sich die Hände an der Schürze ab, sah ihn an. Er wusste sofort, sie fühlt sich enorm wichtig. Es musste etwas außerordentliches sein, das sie zur Sprache bringen wollte. Jetzt kommt´s, dachte Dührkamp folgerichtig. Er blickte sie erwartungsvoll an.

Sag mal, begann sie prompt, du denkst doch, dass deine alten Kumpels sich beim Reukschat einquartiert haben? Das glaubst du doch, oder?

Dührkamp nickte schwach.

Kannst du mir die Kerle beschreiben?

Warum?

Nun, ich möchte es eben mal wissen. Für alle Fälle... falls ich sie mal sehe. Komisch, dass die bis jetzt nicht an unsere Tür geklopft haben. Das ist doch unlogisch, oder? Sind ja angeblich schon 2 oder 3 Tage da.

Dührkamp zuckte die Achseln. Soll ich dir wirklich beschreiben wie die aussehen? Hab sie sechs Jahre nicht mehr gesehen.

Ach, mein Gott. So sehr werden die sich wohl nicht verändert haben. Oder willst du nicht?

Doch, ja, kann ich ja mal machen. Also der Uwe. Vollständig Uwe Scharschmidt. Das ist so ein Durchschnittstyp. 42 wie ich. Mittelgroß. Dunkelblond, ins Rötliche gehend. Auffallend ist, dass sein linkes Ohr ein wenig absteht. Nur das linke. Komisch. Warum nicht auch das rechte? Und er hinkt ein bisschen. Auch links. Wieder komisch. Hatte mal einen Motorradunfall und sich das linke Bein ein paar Mal gebrochen. Augenfarbe? OH, die weiß ich gar nicht. Ich glaube braun. Und der Uwe stotterte, besonders, wenn er aufgeregt war, wurde es ganz schlimm, da brauchte er für einen normalen Satz die dreifache Zeit. Manchmal aber, und das verwunderte, stotterte er überhaupt nicht. Auch nicht bei Aufregung. Warum und vor allem wann das so war, wusste keiner. Er stotterte eben mal und er stotterte eben mal nicht.

Der andere, das ist der Kalle. Karl-Georg Schwill. Mindestens einen Kopf kleiner als Uwe. Schwarze Haare, die er immer ganz kurz geschnitten trägt. Beinahe Glatze. So geschoren, weißt du? Auffallend an ihm sind seine kurzen, krummen Beine. Richtige O-Beine hat der. Und einen gedrungenen Oberkörper. Und einen Blick. Wie ein Wahnsinniger. So durchdringend und starr... mehr fällt mir zu den Beiden nicht ein. Halt, außer, wenn es turbulent zugeht und stressig wird, dann fängt der Uwe an zu stottern, während der Kalle schlagfertig ist und immer eine Ausrede parat hat...

Das ist alles? Die Witwe stemmt ihre Fäuste in die Hüfte. Ist das wirklich alles?

Ich glaube ja, wie gesagt, sechs Jahre hab ich sie nicht gesehen..

Aber ich hab sie gesehen, und nicht vor sechs Jahren, sondern heute früh, als ich zu meine Hühnern ging, gleich nach dem Aufstehen. Da waren die Burschen auch mal draußen im Freien. Haben sich die Beine vertreten. Wollten wohl mal Luft schnappen.

Waas? Dührkamp war aufgesprungen. Sein Gesicht drückte Erschrecken und Angst aus. Du hast sie gesehen? Und?

Beruhige dich. Wenn deine Beschreibung zutrifft, waren sie es nicht.

Waas? Wie darf ich das verstehen?

Guck nicht so dumm. Sie sahen anders aus, als du sie beschrieben hast.

Siehst du, in sechs Jahren verändern sich die Menschen eben.

Aber, sie werden sicher nicht länger oder kürzer. Und nicht so grundsätzlich anders. Nein, mein Lieber, das sind andere, nicht deine Kumpels. Das sind eindeutig Saufkumpane von meinem werten Nachbarn Reukschat. Typische Säufer. Verwahrlost. Abgerissen wie Penner. Der eine, es ist der Ältere, klein, dürr und hager, mit struppigen roten Haaren. Ausgebeulten Hosen, Hosenträger und schlotternder Jacke. Der andere, jünger, kräftiger, mit Bauch und einem Vollbart, in Pantoffeln, der hat gleich neben die Haustür gepisst. Nee, ich bin mir sicher, das sind deine alten Kumpane nicht... hab sie deutlich gesehen. Der Kleine hat zu mir rüber gestarrt, aber ich schien ihm egal. Er rief den Reukschat, plärrte nach Bier. Der andere, der Dicke, riss sich ein paar Birnen vom Baum, fraß sie, ohne sie abzuwaschen, fraß den Stiel gleich mit. Ich wusste ja schon immer, dass der Reukschat schlimmen Umgang hat, aber die Beiden sind nun wirklich das Letzte. Wer weiß, woher der die kennt, wo er die aufgegabelt hat. Also, mein Kleiner, du siehst, Aufregung umsonst, Überfall fällt erst mal aus...

Wie konnte ich nur glauben? stammelte Dührkamp, dann nach einer kleinen Pause, entfuhr es ihm: Dein Willi ist schuld, der hat mir den Floh ins Ohr gesetzt...

Nein, das warst du selber. Der Willi kennt deine Leute ja gar nicht. Dass hat dein schlechtes Gewissen dir eingeredet... und dann hast du dich rein gesteigert. Das ist schon eine milde Form von Verfolgungswahn.

Also gut, jetzt, wo die Gefahr vorüber ist, können wir wieder zum normalen Alltag übergehen. Klar? Du gehst gleich mal Futter für die Karnickel holen. Na los. Auf geht´s. Aber versteck die Sichel nicht wieder im Futtersack.

Dührkamp verließ die Küche. Die Witwe sah ihm durchs Fenster nach wie er über den Hof ging, im Anzug ihres Mannes, den Futtersack in der linken, die Sichel in der rechten Hand. Sie vergewisserte sich, dass er das Grundstück auch wirklich verließ, dann seufzte sie auf und ging zum Küchenschrank, wo sie ein gerahmtes Bild aus einer Schublade holte. Das Bild war ein sogenanntes Porträtfoto. Es zeigte einen Mann, graumeliert, stattlich, mit einem Oberlippenbärtchen. Der Mann blickte freundlich, aber bestimmt aus dem Bilderrahmen, ein Mann um die Fünfzig. Wieder seufzte die Witwe. Das Bild zeigte ihren verstorbenen Ehemann Friedrich Hubert Heinz, korrekterweise muss gesagt werden, Dr. Friedrich Hubert Heinz, den Verleger. Das Bild war ursprünglich eine Schwarzweißfotografie gewesen. Die Witwe hatte es nachträglich kolorieren lassen. Im Fotostudio hatte sie gesagt: Legen sie ihm etwas Farbe auf die Wangen, so blass ist er nicht gewesen.

Sie setzte sich an den Küchentisch, hob das Bild auf Augenhöhe und ließ ein leichtes Stöhnen hören. Sie hielt mit dem Verstorbenen Zwiesprache. Das tat sie von Zeit zu Zeit. Sie redete mit ihm, als ob er vor ihr säße und sie seinen Kopf in den Händen hielte. Ach, wenn du wüsstest, Fritz, mein Fritzl.

Wenn du wüsstest, wie sehr du mir fehlst... Sie dachte an die Zeit, da sie dieses Haus als Sommersitz erworben hatten, an die Zeit, als sie noch die große, komfortable Eigentumswohnung in der Stadt besessen hatten. An ihre schönste Zeit. Etwas über Vierzig war sie damals, eine attraktive Frau, nach der sich die Männer umdrehten. Die im Vollbesitz ihre weiblichen Kraft und Schönheit stand. Es war ihre zweite Ehe. Mit ihrem ersten ging es nicht mehr. Der war Kraftfahrer gewesen. Streit, Prügel, Alkohol. Zwei Jahre war sie jetzt mit dem Verleger verheiratet. Ein Bild von einem Mann. Stattlich, groß, schlank, geistvoll, mit Humor. Sie hatten sich zufällig kennen gelernt. In einem Café in der Innenstadt. Man hatte ihr vergessen das Sahnekännchen zum Kaffee hinzustellen. So borgte sie es sich vom Nachbartisch. Dort saß er. Der Verleger Dr. Friedrich Hubert Heinz. Sie lächelte. Er lächelte zurück. Da wusste sie – seit einem Vierteljahr geschieden – das ist er. Der oder keiner. So einen kriegst du niemals wieder. Nach 14 Tagen war sie zu ihm gezogen. Er wohnte damals noch in einer kleinen Wohnung im Zentrum. Von da an ging alles, als ob es programmiert wäre: Eigentumswohnung in bester Lage – ein großer Wagen – Urlaub in der Karibik – und zwischen ihr und ihrem Mann die beste Harmonie. Eine Harmonie wie sie sie nur früher von ihren Großeltern gekannt hatte. Die schönste Zeit ihres Lebens begann. Es war die Zeit, da sie, von Beruf Technische Zeichnerin, selber im Verlag mitgearbeitet hatte, nichts Großartiges, etwa als Lektorin, nein, nur als kleine Sachbearbeiterin, als Kaffeeköchin oder auch als Reinigungskraft. Sie hatte das so gewollt, sie wollte in der Nähe ihres Mannes sein, als bodenständige, erdige Frau, mit beiden Beinen im Leben. Das Hochgeistige hat ihr nie gelegen. Sie machte Rechtschreibefehler, kannte die Computerprogramme nicht. Aber sie war praktisch, konnte rechnen. Du sollst meine Christiane sein, hatte ihr Mann gesagt, meine Christiane Vulpius. Selbst unser alter Goethe wusste eine Frau zu schätzen, die die irdischen Dinge beherrschte, die ein schmackhaftes Essen zubereiten, die Kaffee kochen und mal einen Kuchen backen konnte, die einem im Bett Befriedigung verschafft, die das Haus sauber und adrett zu halten versteht - für die Dichtkunst, die Literatur und die Wissenschaft hast du ja mich...

Sie nahm das Bild näher heran, küsste es, sagte leise: Du musst mir nicht böse sein, ich habe ihn zuerst aus Mitleid, dann, weil ich mir dachte, eine Hilfe haben zu können, bei mir aufgenommen, in unserem alten Heim. Ich ahnte, er ist ein etwas loser Bube, mit irgendeinem dunklen Fleck in seiner Vergangenheit. Aber er war höflich und hilfsbereit, anständig; freilich, manchmal ein wenig ungeschickt, mit zwei linken Pfoten, wie du gesagt hättest, aber in wenigen Tagen gewöhnte ich mich an ihn. Gewiss, er ist fast 15 Jahre jünger als ich, aber, warum soll eine alte Frau wie ich nicht auch nochmal Lust auf einen Mann empfinden dürfen. Ich weiß, du hast nichts dagegen, du warst ja immer so tolerant und verständnisvoll... und nun, da du nicht mehr bist, wirst du mir nur Gutes wünschen. Ich sage dir, der Junge hat eine Haut, so weich und zart wie ein Mädchen, sein Teint ist dunkel, fast könnte man denken, er sei ein Italiener, Grieche oder irgend so ein Südländer. Sein Haar ist auch wie bei denen schwarz und voll. Aber ich weiß noch nicht, ob ich ihn bei mir behalte. Es könnte gefährlich werden. Es hat sich nämlich herausgestellt, dass er in einen Überfall auf einen Geldtransporter verwickelt ist. Das Ganze geschah zwar vor fast sieben Jahren und er hat das Geld auf seine Seite bringen können. Bis heute. Stell dir vor, ich habe die Beute in meinen eigenen Händen gehalten – 1,6 Millionen – es ist der Wahnsinn.

Doch seine Kumpane, die man, im Gegensatz zu ihm, geschnappt hatte, sind wieder auf freiem Fuß und die werden ihn nun suchen. Bestimmt finden sie ihn auch. Oh weh, das wird böse ausgehen. Jetzt haben wir das Geld erst einmal versteckt. Das heißt, wir wollen es in der kommenden Nacht erst noch verstecken.

Weißt du wo? Da kommst du nicht drauf.

In unserer alten Jauchengrube. In Plastikbehältern, mit Steinen beschwert, wollen wir es verwahren. Da passiert nichts. Es bleibt trocken. Und finden wird es dort keine Menschenseele. Weißt du, wie aufregend so was ist. Wenn du das noch hättest miterleben können. Das wäre super. Vielleicht hättest du einen Autor gefunden, der das alles mal aufschreibt. Man glaubt es ja kaum, wenn man da mit drinsteckt, dass einem so etwas mal passieren kann. Wirklich wie im Roman. Oder wie im Film.

Ja, aber nun weiß ich wirklich nicht, ob das alles gut ausgeht. Die Polizei hat zwar keine Ahnung, wo das Geld ist, auch nicht, wo mein Arne – so heißt er. Verzeihung, Runzle nicht die Stirn. Du hast keinen Grund – sich aufhält. Und seine ehemaligen Kumpane wissen es auch nicht. Aber die werden, im Gegensatz zur Polizei, die die Sache wahrscheinlich schon abgelegt hat, keine Ruhe geben. Und irgendwann finden sie ihn. Und dann... oh weh.

Stell dir vor, wir dachten bis heute früh, dass diese Verbrecher ihren Kumpel schon gefunden und sich heimlich, still und leise bei unserem Reukschat – du weißt, der kleine Lumpenkerl vom Nachbargrundstuck – einquartiert hätten. Arne hatte tüchtige Angst. Katastrophenszenarien im Kopf. Aber Pustekuchen. Sie waren es nicht. Nur so ein paar Saufkumpane vom Reukschat waren da eingezogen. Für wie lange weiß ich nicht. Bis jetzt verhalten sie sich ruhig. Man hört und sieht sie kaum. Wahrscheinlich saufen sie von früh bis spät. Hoffentlich passiert nicht noch was. Man weiß, solche Saufgelage können auch schlimm ausgehen. Die Kerle kommen wegen einer Nichtigkeit in Streit und dann fließt Blut. Denn die wissen ja vor lauter Alkohol nicht mehr, wer sie sind und was los ist. Na, mal sehen... hoffentlich geht es gut und die hauen bald wieder ab...

So mein Liebling, jetzt leg ich dich wieder in die Schublade, ich höre Schritte auf dem Hof, will mal nachsehen, wer da gekommen ist... der Arne kann es nicht sein. Den hab ich vor ein paar Minuten zum Karnickelfuttermachen geschickt. Der kann noch nicht wieder da sein... also Tschüss. Bis später. Ich halt dich auf dem Laufenden.

Sie stand hastig auf, küsste das Bild und schob es wieder in den Küchenschrank. Vorsichtig ging sie zum Fenster. Aber sie konnte nichts sehen, sie musste also zur Tür.

Als sie die Tür aufmachte, stand das kleine Bäuerlein Willi vor ihr.

Er hielt eine Blechbüchse in der Hand, die er ihr hinhielt.

Sag mal, hast du vielleicht Bärenfett?

Was Bärenfett? Was ist das?

Das ist ein Schmierfett, man braucht es für Maschinen, ist natürlich kein richtiges Bärenfett, man nennt es nur so.

Die Witwe sah eine gelbliche, fettige Schmiere, seltsam durchsichtig, steckte den Finger in die Büchse, roch daran. Dann schüttelte sie den Kopf. Nee, hab ich nicht. Wozu brauchst du das?

Für die Melkmaschine. Die braucht das Fett, sonst läuft sie trocken. Ich hab aber nichts mehr… und die Kolchose will ich nicht fragen. Die lästern immer nur, wenn die mich sehen.

Die Witwe nickte. Geh doch mal rüber zum Rudi, der hat bestimmt sowas, der hat doch allen Kram in seiner Rumpelkammer.

Zum Rudi? Du meinst den Reukschat? Der hat sowas?

Die Witwe sagte: Bestimmt. Aber nimm dich vor seinen Saufköppen in acht. Ich hab die heute früh gesehen. Ganz wilde Kerle, ohne jede Zivilisation.

Ach, antwortete das Bäuerlein. Was sollen die mir tun? Könnte höchstens sein, dass ich mit denen erst mal einen trinken muss… gut, o.k. da geh ich mal zu Rudi´n.

Die Witwe sah dem Kleinen nach wie er unter den Linden verschwand, die den kurzen Weg bis zum Reukschat beschatteten.

Aber, sie hatte kaum die Tür geschlossen und sich wieder an ihre Arbeit gemacht, da, es waren höchstens zwei oder drei Minuten vergangen, klopfte es wie wild. Das Haus hatte keinen richtigen Flur. Wenn man die Tür öffnete, betrat man sofort die Küche. Hat der was vergessen? dachte die Witwe. Was will der schon wieder?

Tatsächlich, das kleine Bäuerlein stand aufs Neue vor der Witwe. Er war diesmal aber ganz durcheinander, er zitterte und war blass.

Was ist denn los? Willi, du siehst ja aus, als hättest du den Tod gesehen?

Hab ich auch, Hildy, hab ich auch.

Er stotterte: D...den R...Rudi haben sie erschlagen. Der Reukschat ist tot. Er lag in seinem Blute in der Stube. Um ihn her lauter Flaschen, Bier- und Schnapsflaschen und eine unbeschreibliche Unordnung...

Was? Wie?

Ja, hör zu. Ich geh also rüber. Da stand die Haustür halb offen. Von seinen Gästen hab ich keinen gesehen. Auch der Wagen war fort. Ich rufe nach dem Rudi. Keine Antwort. Ich klopfe an die Tür. Kein Laut. Da bin ich vorsichtig, Schritt für Schritt rein gegangen. Es stank ganz fürchterlich. Nach Bier und Schnaps, nach Zigarettenqualm und nach Scheiße – als ob die in die Ecken geschissen hätten. Ich ging weiter, hatte schon so eine blöde Ahnung, dass was passiert wäre. Und da fand ich ihn. In seiner Stube vor dem alten, zerschlissenen Plüschsessel. Tot. In einer Blutlache. Den Kopf zerschmettert. Wahrscheinlich mit irgendeiner Flasche. Ich weiß nicht. Bin gleich wieder raus, hab nichts angerührt. Soll man ja nicht, sagen die immer im Fernsehen. Also, Hildy, ich sag dir, der Rudi ist hin... was machen wir nun? Sollten wir nicht die Polizei holen und einen Arzt?

Ja, klar, Willi, das sollten wir. Komm erst mal rein, die Witwe zog den Kleinen am Arm in ihr Haus, schloss die Tür.

Setz dich, befahl sie. Willst du einen Schnaps?

Das Bäuerlein antwortete nicht, er stierte wie abwesend auf den Fußboden, murmelte: Der arme Rudi. So zu enden. Das hat er nicht verdient, wenn er auch ein Lumpenkerl war wie du immer sagst.

Die Witwe schien zu überlegen. Dann sagte sie: Also, hör zu. Du hast ihn gefunden. Du bist sozusagen Zeuge. Du musst das melden. Dort steht das Telefon. Nimm am besten den Notruf, da kommste am schnellsten rein, aber... Sie trat einen

Schritt auf das Bäuerlein zu, dass du mir kein Sterbenswörtchen von meinem Feriengast erzählst.

Von was für einem Feriengast?

Stell dich nicht so blöd. Von meinem Herrn Dührkamp, du Dummkopf. Das brauchen die Bullen nicht zu wissen. Da krieg ich nur Ärger. Der ist nicht angemeldet. Verstehst du – also kein Wörtchen über den Dührkamp. Auch, wenn die herkommen und in Reukschats Haus herumstiefeln, wenn die Truppe mit den weißen Anzügen kommt, wenn sie dich ausfragen, irgendein Kommissar oder so. Kein Wörtchen über den Dührkamp. Den gibt es gar nicht. Hast du das verstanden, du Schwachkopf. Auch sonst pass auf, was du sagst. Wenn da irgendein Blödsinn heraus posaunt wird, ist es aus mit unserer Freundschaft. Streng dich an und überleg vorher, was du sagst...

Wieso nennst du mich Schwachkopf, Hildy? Das ist nicht nett von dir.

Weil du manchmal tatsächlich ein Schwachkopf bist und das Denken vergisst. Deshalb.

Nein, gut, ich sage nichts über den jungen Mann. Versteh schon. Du willst keinen Ärger. Das Meldeamt und so. Verstehe. Na da gib mal dein Telefon her, da will ich mal anrufen.

Hergeben? Da musst du schon aufstehen, du Hirni. So lang ist die Strippe nicht. Dort neben dem Telefonbuch steht der Apparat. Wenn du den Notruf nimmst, brauchst du keine Vorwahl. Also, ich bleib in der Nähe... damit du keinen Mist quatschst.

Das Bäuerlein stand auf und ging zum Telefon.

Schon ein paar Stunden später, die Kirchturmuhr hatte eben die fünfte Nachmittagsstunde eingeläutet, glich der kleine Platz vor dem einsamen Haus der Witwe und dem Häuschen des Nachbarn Reukschat, einem Heerlager der Polizei. Das hatte es in Mielschdorf noch nicht gegeben. Blaulicht, Rettungsfahrzeuge, grünweiße Polizeiautos kreuz und quer, hin und her hastende Polizisten, in Uniform und in

Zivil, Weißgekleidete von der Spurensicherung. Auch schon ein paar Presseleute. Blitzlicht, Reporter mit Tonbändern...

Die Witwe hatte sich in ihr Haus zurückgezogen. Den überraschten Dührkamp hatte sie, gleich nachdem der mit dem Futtersack zurück war, beiseite genommen und ihm eingeschärft, er solle sich in seine Kammer verziehen und sich um Gotteswillen nicht blicken lassen. Den Reukschat hätten sie umgebracht. Wahrscheinlich wären es seine Saufkumpane gewesen. Sie hätte sowas vorausgeahnt. Aber nun wäre Gefahr im Verzug, Alarmstufe Rot. Gleich käme die Polizei mit allem, was dazu gehöre, Spurensicherung und so, die Presse und so weiter. Also gelte für ihn: Verschärfter Stubenarrest, bis sie Entwarnung gebe. Keine Widerrede. Verstanden!? Dührkamp hatte ein entsetztes Gesicht gemacht, aber nichts gefragt und nichts gesagt, hatte sich nach oben unters Dach zurückgezogen.

Alle Sachen von ihm hatte sie weggeräumt. Ihn gab es nicht. Bei Ihr war niemand gewesen. Alles wie immer. Sie war eine alleinstehende Witwe. Ihren Kram mache sie allein. Im Übrigen wisse sie von nichts. Sie verkehre mit niemandem. Sie kenne den Reukschat, das stimme wohl, aber nur vom Sehen, ebenso wie den Bauern Willi.

Manchmal rede man was oder borge sich eine Kleinigkeit. Wie das auf dem Dorfe so üblich sei. Weiter aber gäbe es nichts... - das hatte sie sich als Strategie zurechtgelegt.

Und nun wartete sie, bis es klingeln und man sie als Zeugin und Nachbarin des zu Tode-Gekommenen vernehmen würde.

Eine Zeit geschah nichts. Es verging eine halbe Stunde und noch eine.

Dann endlich, kurz nach sechs, stand die Polizei in der Tür. Ein Oberkommissar Hergesell. Mitte Vierzig, Durchschnittstyp mit Brille und schäbigem Hut. In Zivil, ganz wie sie gedacht hat. Dazu eine junge Beamtin. Fräulein Herzberg, Polizei-obermeisterin. Um die Dreißig, blond, Franzosenzopf.

Sie zeigten ihre Ausweise, fragten, ob sie Frau Heinz wäre und ob sie eintreten dürften. Es ginge um das Vorkommnis in ihrer Nachbarschaft. Die Witwe ließ sie herein, ja, natürlich sei sie Frau Heinz, sie bat sie Platz zu nehmen, fragte, ob sie etwas zu trinken wollten. Nein, danke.

Was denn für ein Vorkommnis? hätte sie um ein Haar gefragt und sich dumm stellen wollen, dann aber fiel ihr ein, dass ja von ihrem Telefon aus der Notruf abgesetzt worden wäre... und so nickte sie ernst und verständnisvoll.

Ja, ich weiß, sagte sie leise.

Also, Frau Heinz, begann der Oberkommissar, ich hätte da mal ein paar Fragen.

Bitte sehr, fragen Sie. Wollen Sie wirklich nichts zu trinken?

Nein, nein. Jetzt nicht. Sagen Sie mir bitte, wie lange Sie hier schon in Mielschdorf und in Ihrem Haus wohnen.

Das Haus haben mein verstorbener Mann und ich vor sieben Jahren erworben, wir haben es einer alten Frau abgekauft, die ins Pflegeheim musste, und wir haben viel Geld hineingesteckt. Wissen Sie, da war ja nichts mehr in Ordnung, das Dach war undicht, das Fachwerk morsch, die Wasserleitung alt und brüchig, die Elektrik vergammelt und nicht mehr sicher, Brandgefahr – Sie verstehen? – dann eine Dämmung musste eingezogen werden, das Grundwasser stieg nach oben, dann kam der Anschluss an das örtliche Abwassernetz dazu - hat alles ein Heidengeld gekostet. Zehntausende! Wir haben auf Kreuzfahrten, Urlaubsreisen und Vieles verzichtet, aber wir wollten das Häuschen als Alters- und Feriensitz. Hier in Mielschdorf ist es ja wirklich himmlich ruhig und die Landschaft, auch die ist ganz himmlisch, so nahe an der sächsischen Schweiz. Davon haben wir schon lange Zeit geträumt. Zu Anfang wohnten wir hier nur am Wochenende. Wir hatten ja die Eigentumswohnung in der Stadt noch. Mein Mann war Verleger, er hatte viel Stress, da brauchte er die Erholung, wissen Sie. Leider haben wir nicht lange etwas davon gehabt. Mein Mann ist vor zwei Jahren gestorben. Prostatakrebs, wissen Sie. Wir zogen für dauernd hierher, der Ruhe wegen. Aber dann ist er hier im Hause zu Gott eingegangen, es war grässlich, was er hat leiden müssen, der arme Mann... sie nahm ihr Taschentuch, betupfte sich die Augen und die Nase, ich hab dann die Stadtwohnung verkauft. Wohne also jetzt seit fast zwei Jahren für dauernd hier...

Und da kennen Sie natürlich die Leute hier in Ihrer Nachbarschaft?

Wie man´s nimmt.

Was heißt das? fragte der Oberkommissar. Er versuchte locker, freundlich und vertrauensselig zu wirken. Er lächelte, strich sich das Haar aus der Stirn. Die blonde Polizistin machte sich Notizen. Die Witwe, ehe sie antwortete, spitzte die Ohren, sie glaubte von oben Musik zu hören. Sie hatte Dührkamp ein altes Radio gegeben, damit er in seiner Dachkammer ein wenig Radio hören konnte. Sollte dieser leichtsinnige Mensch jetzt etwa da oben Radio hören? Das wäre die Höhe.

Das heißt, antwortete sie schnell und ein wenig lauter, wie man sich eben so kennt, hier auf dem Dorfe. Man kennt sich, sieht sich jeden Tag, aber im Grunde kennt man sich nicht. Freilich, man hilft sich untereinander, wahrscheinlich mehr als in der Stadt sich die Nachbarn helfen, man borgt sich gegenseitig ein paar Kleinigkeiten. Es ist ja hier nicht so, dass man entdeckt, dass im Haushalt etwas fehlt, man um die Ecke in die Kaufhalle gehen könnte und gleich hätte man den Bedarf gedeckt. Das geht hier nicht. Sie verstehen? So war das auch mit meinen beiden Nachbarn, dem Kleinbauern Willi Spahn und dem Einsiedler Rudolf Reukschat...

Die Polizeiobermeisterin unterbrach die Witwe: Sie brauchen nicht so laut zu schreien, Frau Heinz. Wir sind nicht schwerhörig...

Oh, na Verzeihung, ich hör in letzter Zeit ein wenig schlechter und da fängt man zu brüllen an. Das hat man mir schon im Konsum gesagt, auch der Busfahrer meinte, ich solle leiser reden.

Ist schon gut, Frau Heinz, sagte der Oberkommissar. Er blickte seine Kollegin tadelnd an. Nun aber bitte etwas über ihren Nachbarn Reukschat. Rudolf hieß er mit Vornamen?

Ja, aber wir sagen alle immer nur Rudi... Pardon, es muss ja nun heißen: Wir sagten... tja, der Reukschat. Was gibt es zu dem zu sagen... nicht viel, glaube ich. Also, auch, wenn es jetzt blöd klingt. Mir war der Kerl nicht sympathisch. Er war ein Lumpenkerl, der gerne mal was mitgehen ließ. Bei mir hat er vor ein paar Tagen aus der Küche einen halben Schinken geklaut. Einfach oben von der Stange runtergeholt und sich ein Stück abgeschnitten. So war er. Entschuldigt hat er sich nicht. Freilich war er auch hilfsbereit. Man konnte zu ihm kommen, bei Tag und bei Nacht... und er trank gern einen über den Durst. Wenn er richtig betrunken war, blieb er in seiner Bude und ließ sich tagelang nicht sehen. Ich weiß nicht genau, aber das Häuschen hat er wohl von seinem Vater geerbt. Der war auch so ein Suffkopp. Ist in seinem Haus auf dem Abort gestorben. Am eigenen Erbrochenen erstickt. Vor 3 oder vier Jahren ist das gewesen. Seitdem lebt der Rudi allein in seiner Bude. Manchmal hat er einen Saufkumpan zu Gast oder zweie und dann feiern sie bis sie bewusstlos umfallen. Wovon der Rudi lebt? Ich weiß es nicht. Vielleicht hat er was geerbt? Oder er verkauft was, was er vom Vater hat. Der Alte war nicht ganz arm. Soll Schmuck und so was besessen haben. Auf Arbeit geht der Rudi jedenfalls schon lange nicht mehr. Der war mal bei der Deutschen Reichsbahn. Vor der Wende...

Halt! Warten Sie! rief plötzlich die blonde Polizistin, jetzt hör ich es auch.

Was hören Sie auch? fragen die Witwe und der Oberkommissar fast gleichzeitig.

Na, die Frau Heinz hat doch, bevor sie lauter redete, irgendwas gehört, erklärt die Polizistin. Das ist mir aufgefallen.

Ich soll was gehört haben? Die Witwe ist erstaunt.

Freilich. So wie jetzt. Da oben spielt ein Radio. Hören Sie?

Und tatsächlich hörte man jetzt aus dem oberen Teil des Hauses Radiomusik.

Ach, das Radio! rief die Witwe, ja, ich weiß. Ich habe, ehe sie kamen oben im Dachstübchen gesessen und eine Handarbeit gemacht. Das tue ich manchmal. Ich sitze gerne da oben. Und werd ich das Radio eingeschaltet haben, das da oben steht. Wollte nicht so allein sein, wollte mich unterhalten. Und da hab ich das Radio eingeschaltet und als Sie dann klopften und klingelten, hab ich vergessen, es wieder auszuschalten. Ja, so ist es... sie wirkte erleichtert und lächelte. Ich schalte es dann gleich aus, wenn Sie gegangen sind.

Der Oberkommissar hatte die Witwe aufmerksam beobachtet, aber die Erklärung schien ihm plausibel, und so kam er wieder auf sein Thema zurück.

Sagen Sie, Frau Heinz, aber Sie haben doch auch manchmal, zum Beispiel zum gemeinsamen Fernsehen oder zu irgendeinem Essen zusammen gesessen, haben was getrunken und es sich wohl sein lassen, so im Kreise Ihrer Nachbarn, oder?

Ja, das stimmt, aber, da war in der letzten Zeit der Reukschat niemals mehr dabei, seit dem Schinkendiebstahl haben ich ihn nicht mehr rein gelassen.

Aber mit dem Bauern Willi war das nicht so? Mit dem haben Sie zum Beispiel erst gestern gefeiert und ein Festessen gegeben? Stimmt das?

Die Witwe sagte: Ja, das stimmt. Im Innern war sie über das Bäuerlein ergrimmt: Hat der also wieder alles ausgeplaudert, dieser ausgemachte Dummkopf, dachte sie.

Und bei diesem Festessen war auch ein junges Mädchen mit dabei? Die Nichte des Bauern Willi Spahn. Anni hat sie wohl geheißen? Stimmt das?

Ja, das Mädchen ist mit dabei gewesen. Das stimmt.

Und sonst niemand? Nur Sie drei?

Ja, nur wir drei. Haben ganz schön reinhauen müssen. Ich hatte einen großen Hahn geschlachtet. Das war fast ein bisschen viel für drei Personen. Es ist auch noch was übrig... wollen Sie ein bisschen kalten Hahn?

Die Witwe hatte Herzklopfen bekommen. Nie konnte man nicht sicher sein, was der Willi quatscht, dachte sie. Vielleicht hat er den Dührkamp tatsächlich nicht direkt erwähnt. Aber die Polizei ist ja nicht blöd. Die kriegen mit, wenn einer ungereimtes Zeug erzählt. Verdammt, wenn die nun die Kleine ausfindig machen und mit ihr reden und die, weil sie keine Ahnung hat, erzählt, dass da noch ein Vierter mit dabei war, ein junger Mann... - *Beschreibung. Sah er so aus? Wir haben hier ein paar Bilder. Schauen Sie mal. Und die Polizei holt alte Fahndungsfotos heraus. Und der Dührkamp ist dabei. Fotos von dem Überfall auf den Geldtransporter. Der Dührkamp ist ja immer noch flüchtig. Und deshalb auf der Fahndungsliste. Und die Sache ist für die Polizei eben noch nicht abgeschlossen... -*

Verdammt, ich muss sofort zu der Kleinen hin und sie vergattern, nichts zu sagen. Ja, ich muss sofort los. Wo wohnt das Mädel? Willi muss mir das sagen. So eine Scheiße, aber auch. Jetzt bin ich so richtig in die Zwickmühle geraten. Was kann ich jetzt tun? überlegte die Witwe in wachsender Panik. Nichts. Sie kann nichts tun. Sie muss abwarten, bis die Polizei wieder gegangen ist...

Also, fassen wir nochmal zusammen, Frau Heinz, sagte der Oberkommissar.

Ihr tat die Ruhe gut, die der Kommissar verströmte, die Blonde war ein aggressives Aas. Vor der musste sie sich vorsehen.

An solchen Feiern in der Nachbarschaft, fuhr der Kommissar fort, hat ihr Nachbar Reukschat also nicht mehr teilgenommen. Hat ihn das geärgert? Hat er Sie das spüren lassen?

Nein, Herr Oberkommissar, wir sind uns aus dem Wege gegangen. Erst heute Morgen hab ich ihn seit Tagen das erste Mal wieder gesehen. Das heißt, wenn ich mich recht besinne, ihn habe ich gar nicht selber gesehen, nur seine beiden Kumpels, die sich bei ihm einquartiert hatten, die habe ich gesehen. Sie spazierten vor seinem Haus herum. Sie riefen nach ihm, wollten was zu trinken. Er war offenbar noch im Haus. Seine Stimme hörte ich allerdings nicht. Aber seine Kumpels unterhielten sich durch die offene Tür mit ihm. Da muss er also noch gelebt haben. Das war heute früh. So gegen acht Uhr. Ich wollte gerade die Hühner füttern...

Aha, sagte der Oberkommissar, und wie lange haben Sie dann den Herrn Reukschat nicht mehr direkt gesehen? Oder besser, wann haben Sie ihn das letzte Mal gesehen?

Das war, als er mir den Schinken gestohlen hat. Der Mistkerl.

Ich erwischte ihn gerade noch an meinem Gartenzaun, ich nahm ihm den wieder Schinken ab und redete ihm ins Gewissen. Drei Tage ist das her.

Und seither haben sie ihn persönlich nicht mehr gesehen?

Sollte sie dem Polizisten sagen, dass ihn ihr Hausgast, der Arne Dührkamp, vor zwei Tagen noch vor der Kneipe gesehen hat, wie er beladen mit mehreren Kisten Bier und mit einer Tasche voll Schnapsflaschen, heimwärts strebte? Natürlich würde sie das nicht sagen.

Nein, sagte sie ziemlich fest, nein, seither habe ich den kleinen Kerl nicht mehr gesehen. Das stimmt.

Und von den Vorgängen, die zum Tode Ihres Nachbarn geführt haben, haben Sie nichts mitbekommen? Also kein Schreien, keinen Lärm, nicht die Flucht der vermeintlichen Täter. Nicht das Anlassen und das Wegfahren eines Autos. Es muss ja entweder unmittelbar davor oder nachdem sie die Leute vor dem Haus gesehen haben, geschehen sein. Sie sagten, Sie hätten ihre Hühner gefüttert?

Ja, ich ließ die Hühner aus dem Verschlag und fütterte sie.

Was taten Sie dann?

Ich schaute nach den Kaninchen, gab ihnen neue Einstreu, ließ die Gänse und Enten aus dem Gatter, fütterte auch die und pflockte dann das Schaf an eine andere Stelle der Wiese.

Wie lange dauerte das?

Ich habe nicht auf die Uhr gesehen, aber sicherlich so eine halbe Stunde oder etwas länger.

Was taten Sie dann?

Ich ging ins Haus und begann mit meiner Hausarbeit und dem Kartoffelschälen.

Und dann kam Ihr Nachbar Willi und wollte irgendein Maschinenfett?

Ja, und ich riet ihm, weil ich das Zeug – Bärenfett! - nicht besaß, zu Reukschat zu laufen und ihn zu fragen, ob er solches Schmiermittel besäße. Weil der Reukschat wirklich jeden Mist vorrätig hat... hatte...

Und er ging sofort los?

Ja, ich sah ihm noch nach. Er lief hinüber zu Reukschat.

Und kam unmittelbar danach zurück, um zu berichten, dass er den Reukschat tot in seiner Stube aufgefunden habe?

Ja, genau, so war es

Mehr können Sie uns zu diesen Vorgängen nicht sagen?

Der Oberkommissar wirkte enttäuscht, aber er blieb freundlich und ruhig, während seine blonde Kollegin ein verärgertes Gesicht machte und beim Aufstehen zischte: Das kann noch nicht alles gewesen sein. Da muss es noch was geben...

Sie wollen schon gehen? fragte die Witwe und überhörte das Geflüster der Blonden. Sie war im Stillen heilfroh darüber, dass die Polizei sich verabschiedete, denn sie hatte es mordseilig. Sie musste ganz schnell ein paar Dinge erledigen: Hinauf zu ihrem Hausgast, ihn wegen des Radios verwarnen, ihn einschärfen, vorerst oben in seiner Kammer zu bleiben, zumindest so lange wie die Polizisten noch in der Nähe waren, sie musste ihn außerdem fragen, was er der Kleinen auf dem Hof alles gesagt habe, ob sie wisse oder ahne, wer er in Wahrheit sei, ob sie etwas Tatsächliches von dem Raub wisse; dann musste sie zu Willi, die Adresse der kleinen Anni erfragen und ihm noch einmal anbrüllen, was er für ein elender Quatschkopp und Blödmann wäre, schließlich musste sie eilig in die Stadt, die Kleine finden – noch vor der Polizei – und sie darauf einstimmen, um alles in der Welt, das Zusammentreffen mit dem Dührkamp zu verschweigen. Das wäre das Wichtigste und zugleich das Schwierigste. Denn, wenn die Anni wüsste oder ahnte, was mit diesem Dührkamp los war, welche Identität hinter ihm stecke, dann ginge es um alles oder nichts. Darauf käme es an. Aber wie könnte sie die Kleine zum Schweigen bringen? Das wusste sie noch nicht. Es nützte indes alles nichts, es ging um viel Geld und es ging um die Freiheit, so oder so müsste sie erfolgreich sein... sie wollte sich jetzt nichts weiter vorstellen, aber, falls die Kleine sich störrisch zeige, müsse man Mittel und Wege finden, die sie verstummen ließen, leider, es gäbe keinen anderen Weg...

Da haben Sie nun nicht mal einen Kaffee getrunken, klagte die Witwe mit einem Lächeln, ach und ich hätte Ihnen so gerne meinen selber gemachten Pflaumenschnaps kredenzt. Eine Delikatesse, sage ich Ihnen, da haben Sie was verpasst, eine Gaumenfreude der Extraklasse.

Ja schade, leider, Frau Heinz, vielleicht das nächste Mal, lächelte der Oberkommissar Herrgesell. Seine Kollegin griente. Nein, im Ernst, bitte gehen Sie davon aus, dass wir uns noch einmal sehen müssen… dienstlich.

Oh, ein nächstes Mal, lieber Herr Polizist, so was sagt man als Betroffene nicht gern. Ein nächstes Mal sollte es nicht geben. Wiewohl ich mich natürlich gegen eine neue Vernehmung nicht wehren kann. Aber privat sind Sie mir immer gern willkommen. Auch Sie liebe junge Frau… Auf Wiedersehen.

Die Witwe schloss die Tür und atmete auf.

Im nächsten Moment sauste sie hinauf ins Dachgeschoss. Sie öffnete die Bodenluke zur Kammer und sah ihren Hausgast Arne Dührkamp entspannt auf seinem Bett liegen. Er hörte Radio, rauchte, las in einer Illustrierten und wippte mit dem Fuß.

Die Witwe knallte die Luke auf den Bretterboden, dass eine Staubwolke hochwirbelte, sie kletterte vollständig in die Kammer, postierte sich breitbeinig vor Dührkamps Bett, trat mit der großen Zehe auf den Ausschalter vom Radio. Durch die plötzliche Stille fuhr Dührkamp erschrocken in die Höhe, er starrte die Witwe an.

Was ist los? stammelte er.

Was los ist, fragst du? Unten war die Polizei und befragte mich und der Herr hört hier in aller Seelenruhe Radio, so laut, dass man es im ganzen Haus hören kann. Willst du, dass sie dich schnappen? Verdammter Trottel.

Oh, Pardon, das tut mir leid, ich wusste nicht, dass man das Radio hören kann.

Was denkst du denn? Bei diesen Pfefferkuchenwänden und den Holzdielen. Die Assistentin des Kommissars hat es auch gehört. Ich musste eine Ausrede erfinden. Wahrscheinlich hat sie mir nicht geglaubt. Die sind ja nicht blöd. Wenn die nun wiederkommen und das ganze Haus auf den Kopf stellen. Es geht ja um Mord. Da sind die nicht zimperlich.

Wirklich, es tut mir leid...

Tut mir leid, tut mir leid... äffte die Alte den jungen Mann nach. Sag mir lieber noch: Als du mit dieser Anni auf dem Hof warst, gestern Abend, hattest du den Eindruck, die kann sich was zusammenreimen? Die weiß was von dem Geld?

Dührkamp, fahrig: Wieso? Wieso weißt du, dass ich mit der Kleinen auf dem Hof war. Du hast doch geschlafen?

Geschlafen?? Ich?? Das denkst du. Ich habe euch beobachtet, allerdings hören konnte ich nichts. Also, na los: Was weiß die Kleine? Was hast du ihr gesagt?

Nichts weiter...

Quatsch nicht. „Nichts weiter!" ich lach mich kaputt. Was hast du Volltrottel ihr gesagt? Vor einem jungen hübschen Weib, kriegst du doch die Sprachdiarrhö...

Ach, wirklich nichts. Ich sagte nur, ich müsse gleich weg, einen Schatz bergen, Schätze könne man nur im Dunkeln bergen und sie solle den Mund halten...

Das hast du ihr gesagt?? Und kurz nachdem die dir die Geschichte von dem Raub erzählt hatte? Was bist du nur für ein ausgemachter Idiot. Ich dachte, du wärst ein Profi, aber nein, kaum sieht so einer wie du einen Weiberrock, namentlich von einem jungen Weib, schon verliert er seinen Verstand. Denkst du die Kleine ist blöd? Denkst du das, he?

Nein, nein, ich denke, die ist ganz schön pfiffig.

Eben, mein Lieber, eben. Und diese kleine Anni wird drei und drei zusammenzählen können und wenn sie jetzt von der Polizei vernommen wird, weil der Schwachkopf von Willi natürlich ausposaunt hat, dass die Kleine gestern bei mir zum Abendessen war, und die Polizei alles wissen will, dann wird deine süße Anni auch von dir erzählen, und wenn du Glück hast, wird sie von deinem Schatz reden. Und Schuld bist du selber... du dreimal bekloppter Idiot. Dann kommen die Bullen wieder zu mir, stellen meine Bude auf den Kopf und egal, ob du dann noch hier bist oder nicht – sie schnappen dich, denn sie wissen, dass du in der Nähe gewesen bist. Man könnte wahnsinnig werden vor so viel Unvernunft.

Ach, und was ich noch fragen wollte: Du hast ja lange gebraucht, um vom Karnickelfuttermachen zurückzukommen... kennst den Reukschat eigentlich näher?

Ich? Nein, wieso? Ich hab ihn nur zwei Mal gesehen. Das erste Mal, ganz kurz, als ich bei dir angekommen war und dann als ich Zigaretten holte. Da fuhr er mit seinem Handwägelchen Bier und Schnaps nach Hause...

So, so. Weil nämlich die Polizei, wenn sie weiß, dass du hier bist, auch schlussfolgern wird, du hättest etwas mit dem Mord an dem kleinen Reukschat zu tun gehabt. Die Bullen denken so, glaub mir.

Aber sie wissen es ja noch nicht. Sie werden die kleine Anni vielleicht noch nicht vernommen haben.

Vielleicht noch nicht, nein. Aber sicher bald. Deswegen muss ich schnellstens zu diesem Mädchen hin. Weißt du zufällig, wo sie wohnt?

Nein.

Gut. Ich hau jetzt ab. Erst noch zum Willi und dann zu dieser Anni. Du bleibst hier oben. Rührst dich nicht von der Stelle. Wenn du was essen oder trinken willst, schleich dich runter in die Küche. Geh aber auf keinen Fall aus dem Haus... und nicht, dass du denkst, du könntest mit dem Geld (wie versenken das wie geplant heute Nacht) verschwinden. Solltest du auf diese blöde Idee kommen, verrate ich dich ohne Hemmungen sofort an die Polizei. Die schnappen dich dann im Handumdrehen. Klar?

Also – sie hob ihren Zeigefinger – schön machen, was die gute Hildy dir sagt. Dann wird alles gut. Wenn ich von der Kleinen komme, melde ich mich bei dir, dann versenken wir die Kohle und dann ist alles gut. Klar?

Die Witwe kletterte wieder die Stiege hinunter. Dührkamp hörte sie kurz im Haus herum rumoren, dann klappte die Haustür. Sie war fort.

Er streckte sich auf seinem Bett aus, zündete eine neue Zigarette an, stellte das Radio wieder an, drehte es indes diesmal leiser, seufzte und las in der Illustrierten weiter. Sein Fuß wippte im Takt der Musik.

Die Witwe war indessen hinüber zum Bäuerlein Willi geeilt.

Ganz außer Atem kam sie bei ihm an. Er reinigte gerade Kannen und Filter und alle Gerätschaften vom nachmittäglichen Melken, er hing ein paar Melktücher auf, pfiff irgendein Liedchen. Eine Katze strich um seine grünen Gummistiefelbeine.

Da bist du ja, keuchte die Witwe.

Ja, gerade fertig geworden, antwortete das Bäuerlein, die Polizei hat mich lange aufgehalten. Die Kühe waren schon unruhig geworden. Fast einer dreiviertel Stunde über ihre übliche Melkzeit zum Nachmittag..

Hauptsache, du hast dich an unsere Abmachung gehalten, Willi, und nicht gesagt, was du nicht sagen solltest.

Hab ich, ja.

Aber die Klappe konntest du trotzdem nicht halten. Was musstest du denen von deiner Nichte Anni erzählen? Dass die bei mir zum Abendessen war.

Na und? Was ist dabei? Die war doch tatsächlich bei dir. Das weißt du doch.

Ach Willi, du verstehst eben nichts. Die dümmste Kuh in deinem Stall ist schlauer als du. Wenn die jetzt deine Nichte befragen – und das werden sie tun. Dann wird die sagen, dass da noch jemand war – nämlich mein Hausgast, der Dührkamp. Und du weißt, das sollte eben nicht rauskommen. Meldestelle und so...

Oh, verdammt, das stimmt, Hildy. Daran hab ich nicht gedacht.

Weil du eben ein Schwachkopf bist, wie ich immer sage.

Du sollst nicht immer „Schwachkopf" sagen.

Wenn es aber stimmt.

Und was können wir jetzt tun?

Gib mir schnell die Adresse von deiner Anni. Da fahr ich gleich hin und rede mit ihr.

Ja, das ist gut. Moment, Hildy. Gleich. Warte mal. Da muss ich nachsehen. Er kramte in der Lade von einem Tischchen, das in seinem Melkraum in einer Ecke stand. Das ist mein Büro! sagte er mit einem Lächeln. Der kleine Willi brachte Zettel auf Zettel, irgendwelche Schnipsel und Abrisse, Abrechnungen, Futteranhänger von Säcken, alte Rechnungen, sogar ein paar von einem Telefonbuch herausgerissene Seiten zum Vorschein, auch Knüllpapier, Bonbonpapier, sogenannte Sackbändchen und allerlei Kram. Er wühlte und suchte.

Wo hab ich denn? murmelte er. Endlich, nachdem er die ganze Schublade leer geräumt hatte, hielt er eine zerknitterte Visitenkarte hoch. Na bitte! Hier! Hier hab ich sie. Warte. Er wischte mit seinem Ärmel den Schmutz von der Karte und las mit zusammen gekniffenen Augen: Anna Liesa Mertens – Studentin - Löwenstraße 10 – eine Postleitzahl – Dresden – eine Telefonnummer...

Gib her!

Er gab ihr die Karte.

Ich hab keine Zeit. Mach´s gut, Willi.

Sie eilte zur Bushaltestelle. Sie wusste, dort wartete nach sechzehn Uhr immer ein Taxi. Und die Taxifahrer wussten, es fuhren um diese Zeit keine Busse mehr in die Stadt, aber manchmal wollte jemand doch noch dahin. Und von der Stadt hierher hatte man abends auch fast immer Glück.

Und so stand auch jetzt prompt ein gelbes Taxi bereit.

Nach Dresden, sagte die Witwe, in die Löwenstraße.

Wird gemacht, Gnädigste, sagte der Taxifahrer und stellte sein Taximeter ein.

Der Fahrer war einer von der gesprächigen Sorte. Er schwafelte über alles Mögliche, von Politik und seinem Kleingarten, von den Sorgen seines Gewerbes, den schlechten Straßen und den steigenden Spritpreisen. Die Witwe schwieg. Sie stellte sich die Szenarien vor, die sie erwarten könnten. Sie fasst in ihre Manteltasche und ließ eine kleine Schlinge durch die Finger gleiten. Eine Drahtschlinge, die sie einmal von einem Bauern, der bekannt war, dass er ab und zu wilderte, bekommen hatte. Es war eine sogenannte Marderschlinge.

Aus feinem Stahldraht mit gepolsterten Griffen. Wenn man die einem Tier oder wer weiß wem um den Hals legte und schnell zuzog, gab es keine Rettung, sie schnitt tief ins Fleisch, war wie eine Garotte. Sie hatte sie mitgenommen als letzten Ausweg, aber eigentlich mehr für sich selbst, um sich zu beweisen, dass sie zum Äußersten entschlossen wäre. Zur Stärkung ihrer Willenskraft. Im Stillen aber wusste sie, dass es nicht dazu kommen würde.

Es dauerte nicht lange, da waren sie unter fortwährendem Geplapper des Fahrers in der großen Stadt angekommen. Die Löwenstraße liegt in der sogenannten Neustadt. Große mehrstöckige Bürgerhäuser aus dem Ende des 19. Jahrhunderts oder vom Anfang des 20. Die Häuser stattlich, teilweise mit Sandstein an Giebeln und Fensterbänken geschmückt, die Straßen sauber aber grob gepflastert, indes alles zugeparkt, kaum ein freier Parkplatz zu kriegen. Die Witwe fragte den Fahrer, ob er in zwei Stunden wieder zur Stelle sein könne, dann würde sie mit ihm gerne wieder zurückfahren wollen. Der Mann überlegte, brummte irgendwas, sagte dann aber zu. Immerhin die 18 Kilometer aus der Stadt heraus nach Mielschdorf, und das zwei Mal, also hin und zurück, das war verlockend. Besser als in der Stadt herumzustehen. Ein guter Umsatz. Er werde zur Stelle sein, sagte er..

Die Witwe zahlte, stieg aus, suchte die Hausnummer 10, stieg die Treppe hinauf. Erst hatte sie zur Universität fahren wollen, aber dann mit einem Blick auf die Uhr entschied sie sich, gleich zur Wohnung des Mädchens zu fahren. Anni Mertens wohnte im vierten Stock.

Im Hausflur war es halbdunkel und es roch nach Bohnerwachs und einer Fäulnis, die aus dem Mauerwerk zu kommen schien. Sie sah eine bunte Vielfalt von Namensschildern. Manche aus Pappe, andere aus Porzellan, eines sogar aus einer Kuchenmasse wie beim Kinderbacken. Vor den Wohnungstüren stand allerlei Gerümpel. Kinderwagen, leere Einkaufskörbe, große und kleine Beutel mit Abfall, Schuhe in allen Größen, sogar im dritten Stock noch zwei Fahrräder. Sie klingelte unter einem selbstgebastelten künstlerischen

Holzschild. Darauf stand: *Hier hausen, streiten und lieben*, dann die Namen: *Mertens und Gottlöber*. Offenbar zwei Studentinnen. Ob sie mit dieser Liebe, die lesbische, die freie oder welche Liebe auch immer meinten, war nicht klar.

Vielleicht alles zusammen, dachte die Witwe und schmunzelte Es dauert einen Weile bis sie von drinnen schlurfende Schritte hörte. Im Türspalt zeigte sich ein Gesicht. Es war nicht die Anni. Es war die andere, die Mitbewohnerin. Ein scheues, blasses, Gesicht mit Augenringen, ungekämmten rötlichen Haaren, barfuß und nur mit einem fleckigen überlangen Shirt bekleidet. Sie sagte schnell, ohne dass die Witwe Gelegenheit hatte irgendetwas zu fragen:

Sie ist nicht da.

Pardon, Sie wissen doch gar nicht...

Sie ist nicht da. Vielleicht haben Sie im Café Neustadt Glück, da sitzt sie um diese Zeit immer.

Café Neustadt? Wo finde ich das?

Da vorn gleich an der Ecke, keine 100 m von hier... viel Glück.

Die Tür schloss sich. Ein Schlüssel wurde von innen zweimal umgedreht. Die schlurfenden Schritte entfernten sich. Die Audienz war beendet.

Die Witwe stieg die steilen Stufen wieder hinunter, bewunderte noch einmal das Gerümpel vor den Türen, fragte sich unten auf der Straße nach dem Café durch. Es war tatsächlich nicht weit.

Als sie in das Café trat, sah sie Anni inmitten einer Gruppe junger, lachender und angeregt plaudernder junger Leute. Alles Studenten. Die Witwe trat an den Tisch, Anni schaute auf. Sie sah sofort, dass irgendetwas Wichtiges vorgefallen war. Sie kannte die Witwe, die hilfreiche und nette Nachbarin ihres Onkels, nur flüchtig, hatte sie nur ein paar Mal gesehen, das letzte Mal zum Hahnenbraten am vorgestrigen Tage.

Was wollen Sie?

Ich muss mit dir sprechen, Anni, es ist wichtig, aber nicht hier. Können wir nicht ein Stück gehen?

Gut. Ja.

Sie sagte ihren Kommilitonen Bescheid und ging vor der Witwe auf die Straße.

Wo gehen wir hin?

Vielleicht zum Rosengarten und dann ein Stück unter den alten Kastanien? schlug die Alte vor, die in dieser Gegend nicht viel, aber dieses Stück einigermaßen kannte.

Gut. Gehen wir. Was ist los?

Ich erklär es dir gleich. Hier ist es zu laut, zu viele Autos.

Sie gingen eine Weile schweigend, dann fasste die Witwe das Mädchen am Arm, zog sie an sich, blieb stehen.

Sie flüsterte: Es hat in meiner Nachbarschaft einen Todesfall gegeben.

Oh Gott, wer ist es denn?

Der kleine Reukschat. Seine Saufkumpane haben ihn erschlagen und dann in seinem Blut liegen lassen.

Warum?

Keine Ahnung. Sicherlich, wie das bei diesen Typen üblich ist, wegen irgendeiner Banalität... wegen einer Flasche Schnaps oder einer Zigarette. Nun war die Polizei da. In großer Besetzung. Man hat mich verhört. Auch deinen Onkel. Na ja...

Und... und auch deinen... deinen Gast?

Das genau ist das Problem, Mädchen.

Wieso?

Na, nun stell dich nicht dümmer als du bist, Anni... du wirst dir ja denken können, warum ich alles tun werde, damit sie ihn nicht finden... er ist ja...er ist...

Ich weiß... der letzte von dem Überfall auf den Geldtransporter. Damals vor sieben Jahren. Das dachte ich mir, ja... obwohl ich eigentlich nichts weiß. Er hat mir nichts gesagt... nichts Direktes jedenfalls.

Aber sie werden zu dir kommen, vielleicht morgen schon...

Wer? Die Polizei?

Ja.

Bitte sag nichts, sag nicht, dass du ihn bei mir gesehen hast, dass du mit ihm gesprochen hast. Ich flehe dich an...

Das Mädchen schwieg. Sie senkte den Kopf. Sie flüsterte: Ich weiß nicht, ob ich das kann... er ist ein Verbrecher... ich weiß nicht...

Bitte.

Die Alte war wieder stehen geblieben. Sie waren bei den alten Kastanien angekommen. Auf den morschen, alten Bänken, die darunter standen, saß niemand. Unten, man konnte sie durch die Bäume sehen, floss ruhig und träge die Elbe. Auf dem Radweg fuhr ab und zu ein Radler.

Bitte, wiederholte die Witwe, was hast du davon? Ist es eine Art Rache, weil euer Stelldichein auf meinem Hof nicht so abgelaufen ist, wie es sollte? Willst du ihm eine Lehre erteilen?

Das Mädchen schwieg.

Bitte, lass ihn mir, bettelte die Alte, er ist mir zugeflogen wie ein verirrter Zugvogel, lass ihn mir, ich bitte dich. Ich hab ja sonst niemanden. Und endlich kommt mal ein Mann zu mir... endlich hab ich wieder einen Mann gespürt... auch ein altes Weib wie ich ist nicht aus Holz... bitte, Anni, lass ihn mir, verrat ihn nicht. Er wird sich schon stellen. Irgendwann. Jetzt aber will ich noch ein wenig von ihm haben...

Die Witwe schämte sich, als Sechzigjährige so mit einer Zwanzigjährigen zu reden. Aber sie konnte nicht anders. Sie musste es sagen. Es ging nicht anders.

Das Mädchen warf der Witwe einen erstaunten Blick zu. Dann antwortete sie:

Also, dass ich mit diesem Mann eine Rechnung offen hätte, dass ich ihn bezahlen lassen will, das es da so etwas gäbe wie verschmähte Liebe – also das ist kompletter Unsinn. Stelldichein!!?? Ich habe nichts mit Ihrem sogenannten Hausgast gehabt und hatte das auch nie vor. Er ist mir noch nicht einmal besonders sympathisch, glauben Sie mir... aber er ist ein Verbrecher. Und das wissen Sie. Und es gibt Gesetze.

Ja, ja alles Theorie. So sollte es sein. Gewiss. Aber, wenn sie dann einen solchen Mann, ich will einmal sagen: in der Hand haben, wenn sie mit ihm zusammen waren, dann wollen sie ihn nicht einfach wieder hergeben, ihn nicht sozusagen opfern. Er hat ja keinen umgebracht. Glaub mir, er ist wie ein großer Junge. Voller Spontanität und Unüberlegtheiten. Und er wird immer noch verfolgt. Nicht nur von der Polizei, die ihn, wenn du den Mund hältst, vielleicht vergessen werden, nein, seine alten Kumpane sind ihm auf den Fersen. Sie sind wieder auf freien Fuß. Sie wollen ihr Geld. Er ist wie ein gehetztes Wild. Und wenn ich ihn nicht schütze, schützt ihn niemand. Verstehst du das, mein Kind?

Komisch, dachte die Witwe, die Kleine fragt gar nicht nach dem Geld? Warum nicht?

Sie muss sich doch denken können, überlegte sie, dass ich, wenn ich ihn bei mir habe, auch das Geld habe. Sie weiß sogar, wie viel Geld es ungefähr ist. Komisch.

Das Mädchen lief neben der Witwe her und schwieg.

Die Alte tastete in ihrer Manteltasche wieder nach der Drahtschlinge, sie fühlte das schneidende Metall, aber sie ließ es wieder los und legte dem Mädchen behutsam den Arm um die Schultern.

Und mein Onkel? fragte das Mädchen und machte sich aus der Umarmung los. Ich denke, den haben Sie auch schon vernommen? Hat der nicht was gesagt? Dass dieser „Hausgast", wie du ihn nennst, bei dir wohnt?

Nein, dein Onkel hat nichts gesagt. Ich habe ihn allerdings auch gewarnt, aber, er weiß auch nicht, wer dieser „Hausgast" wirklich ist und was er auf dem Kerbholz hat. Das weißt nur du, schlau wie du bist...

Verstehst du mich bitte, Anni? wechselte die Alte das Thema. Du bist doch auch eine Frau. Hast du einen Freund?

Die Kleine nickte. Ja, ich habe einen Freund.

Wenn der nun plötzlich in Schwierigkeiten steckte? Würdest du ihn verraten? Würdest du zu ihm halten, egal, was er angestellt hätte?

Der hat aber keinen Geldtransport überfallen. Und der hat auch keine kriminelle Karriere hinter sich.

Warum so große Worte? Es gibt auch kleine Betrügereien und sogenannte Alltagslügen, die schlimm sind. Wenn er nun auf einmal eine andere hätte und dich mit ihr betrügen würde? Und wenn das über Wochen und Monate schon so ginge und du wüsstest nichts davon? Und er wäre zu dir liebenswürdig, ginge sogar mit dir ins Bett, aber mit der anderen auch? Und er hätte der anderen versprochen, mit ihr zusammenzuziehen oder sie zu heiraten? Und plötzlich, wie aus heiterem Himmel, würdest du mit der Wahrheit konfrontiert: Du sähest die Beiden auf der Straße! Arm in Arm! Dir hätte er gesagt, er wäre irgendwo dienstlich unterwegs und könne an diesem Tag nicht mit dir zusammen sein – und dann das. Was würdest du tun?

Ich würde ihn zur Rede stellen. Würde ihn vor die Frage stellen: Die oder ich.

Und wenn er zu dir zurückkäme? Würdest du ihm verzeihen?

Das Mädchen schwieg. Dann sagte sie: Wenn es der wäre, mit dem ich gerade zusammen bin - dem würde ich verzeihen. Dem würde ich alles verzeihen. Der ist einfach himmlisch... übrigens, du hast ihn gesehen. Er saß im Café gleich links neben mir.

Ach so. Siehst du, sagte die Witwe, mein verstorbener Mann würde jetzt gesagt haben: *„Quod erat demonstrantum".*

Anni lachte. Trotzdem, sagte sie, der Vergleich hinkt. Mein Freund hat kein Verbrechen begangen.

Doch. Ein Verbrechen an deiner Seele. Aber, Papperlapapp. Gesetze sind von Menschen gemacht. Glaubst du, die kriegen immer alle, die sie fangen wollen?

Also, wie ist es? Wenn die Polizei zu dir kommt, wenn sie dich befragen wegen des Abends bei mir: Verrätst du meinen Dührkamp an die Bullen?

Aber Frau Heinz, was sind denn das für Worte? Sie reden ja schon wie die andere Seite?

Die beiden Frauen lachten.

Sie liefen untergehakt noch ein Stück. Dann drehten sie um. Die Witwe begleitete das Mädchen zurück zum Café Neustadt, dann ging sie zum verabredeten Treffpunkt mit dem Taxifahrer. Der wartete schon.

Na wie war es? Alles erledigt?

Ja, ja. Das wird schon. Besser als ich dachte, sagte die Witwe. Und bitte - jetzt zurück nach Mielschdorf.

Ganz wie Sie wünschen, meine Dame.

∞

Der „Hausgast", Arne Dührkamp, von dem auf den letzten Seiten so viel die Rede gewesen ist, war, nachdem die Witwe gegangen war nicht in seiner Kammer liegen geblieben. Vorsichtig, ohne Lärm zu machen oder etwa von außen gesehen zu werden, war er im Haus umhergeschlichen. Es war ja das erste Mal, dass er allein zurückgeblieben war. Er fühlte sich wie früher als Kind, wenn die Eltern ausgegangen, und er allein in der Wohnung geblieben war. Dann war er auf Entdeckungstour gegangen, hatte Schränke und Kommoden durchwühlt, nach Zigaretten und Konfekt, vor allem aber wollte er Verdächtiges finden, anstößige Bilder oder kompromittierende Briefe, oder verstecktes Geld, das er dann, ohne dass es groß auffiel, auf die Hälfte oder um ein Drittel reduzieren würde.

Also schlich er jetzt durch das einsame Haus der Witwe, schaute in Schränke und Kommoden, in Nachttischschränkchen und unter Wäschestöße. Er fand nichts Interessantes. In der Küche machte er eine Pause, um sich einen Kaffee zu bereiten. Während er so saß und den Kaffee trank, lauschte er auf die Geräusche, die er draußen auf dem Hof und vor dem Haus hören könnte. Aber es war alles ruhig. Nichts Verdächtiges oder Aufregendes war zu vernehmen. Dann stand er auf, setzte seine Erkundigungstour fort.

Ach, er hätte gern ein Bild von Hildy als junges Mädchen gesehen. Hätte sie bereits damals mit neun oder zehn Jahren schon diese gebieterische Miene und diese Art gehabt, die Leute anzusehen, als wolle sie abschätzen, wofür sie zu verwenden seien?

Endlich, im Wäscheschrank, unter alten Kleidern und Stapeln von Handtüchern fand er ein Fotoalbum. Er nahm es unter den Arm und stieg wieder in seine Kammer hoch.

Auf dem Bett ausgestreckt, blätterte er in dem Album. Rauchte. Da war tatsächlich ein Bild von einem kleinen, vielleicht zehn – oder elfjährigen Mädchen. Das musste Hildy sein, bereits unverkennbar ihre Züge und das kleine Muttermahl am Kinn.

Er dachte daran wie sie ihn schon am ersten Morgen auf ihrem Hof angesehen hatte. Wie sie ihn dann im Schlafzimmer nackt in ihren Armen gehalten hatte. Wie sie ihm mit den Fingerspitzen über den Rücken, den Bauch und die Hoden gefahren war. Ihre Finger waren trotz aller Arbeit zart wie Seide, die Haut weich und weiß. Er wusste, dass sie am Morgen manchmal zu ihm in seine Kammer stieg, nur um ihn beim Schlafen zuzusehen, ehe sie ihn weckte. Er wusste, dass sie ihn wie an einer unsichtbaren Leine hielt, ihn am Tage beobachtete, mal lüstern, mal regelrecht gierig, dann auch prüfend und abschätzend.

Auf dem Bild, das Kind war nackt. Es stand mit einem Ball am Wasser. Wahrscheinlich der Strand eines großen Sees oder die Ostsee. Er rechnete. Jetzt war die Witwe ungefähr Sechzig, auf dem Bild eine Zehnjährige. Also vor fünfzig Jahren. Es musste also mitten im Krieg gewesen sein. Gab es in diesen Zeiten noch Ferien für Kinder? Natürlich. „Kraft durch Freude" fiel ihm ein. So hießen die Ferienaktionen, die das Regime für sein Volk organisierte. Das hatten sie bis 43 oder 44 durchgehalten.

Er betrachtete das nackte Mädchen. An der Brust zeigten sich erste Wölbungen und Knospen. Das erregte ihn. Er fasste sich in den Schritt, tastete sich in den Hosenschlitz, berührte seine Brustwarzen, prüfte, ob sie steif waren... und er hörte sie reden: „Ich war knapp achtzehn, als der Junge, der bei uns damals zur Untermiete wohnte und der eigentlich nichts drauf hatte, außer große Laster zu fahren, der ein riesiges Elvis-Poster in seinem Zimmer an die Wand geklebt hatte, ansonsten aber ein Hohlkopf war, als dieser Kerl mir ein Kind gemacht hatte. Wie es dazu gekommen war? Ich sollte sein Zimmer sauber machen, aber er war noch nicht aufgestanden. Ich kam mit Eimer und Schrubber in sein Zimmer. Er schlug die Bettdecke zurück und onanierte vor meinen Augen. Was dann passierte? Ich hab keine Ahnung mehr. Plötzlich blieb die Monatsregel aus. Ich wurde dick. Mein Alter wurde wütend. Ihm fiel nichts anderes ein, als uns zu verheiraten. Immerhin, es ging fast zwanzig Jahre gut. Es kam noch ein Kind. Ein Mädchen."

Auf den Bildern im Album sah er ihren ersten Mann. Diesen Kraftfahrer. Groß, kräftig, rothaarig, mit breiten Händen. Gerade richtig, um ein Lastkraftwagenlenkrad zu halten. Die Kinder, ein Junge und ein Mädchen, müssten heute fast Vierzig sein. Würden selber Familie und Kinder haben... er blätterte nach hinten. Tatsächlich da waren sie. Das Mädchen, inzwischen eine junge Frau, hinter einem riesigen Kinderwagen, Zwillinge. Der Junge, ein Kerl wie sein Vater, mit einem Buben auf dem Arm, der auch wieder wie sein Großvater aussah. Alle ein bisschen derb, primitiv...

Hildy dagegen, die junge Frau, die Mutter, die Großmutter, überall stattlich, erotisch, ein tatkräftiges Weib, in verschiedenen Frisuren, mal blond, mal Kastanie, mal in flammendem Rot, sogar Schwarz... jetzt ist sie grau, aber ein Grau mit schwarzen Fäden und einer weißen Strähne über der linken Stirn...

Arne! Arne!

Er hörte Hildys schrille Stimme unten auf dem Hof. Hinter dem Tor, ein Wagen fuhr weg. Sie war also zurück. Und es war offenbar Schluss mit dem Verstecken und der Geheimdiplomatie.

Er zog sich an, versteckte das Album, hastete hinunter. Mitten auf dem Hof stand sie. Die Witwe. Das Bild einer entschlossenen und energischen Frau. Die Fäuste hatte sie in die Hüften gestemmt.

Hinter den Bäumen versank die Sonne. Ihre letzten Strahlen schimmerten und glitzerten durch die Blätter. Auf dem hohen Apfelbaum sang eine Amsel. Nebenan muhten Willis Kühe. In der Ferne bellte irgendwo ein Hund. Eine friedliche dörfliche Abendstimmung...

Was hast du getrieben?? Den ganzen Nachmittag verschlafen, was?

Hildy, bitte, du hattest gesagt, ich solle im Haus bleiben, bis du Entwarnung geben würdest...

Ja, ja. Schon gut. Es ist noch hell genug, geh und mach die Karnickelställe sauber. Seit zwei Tagen erinnere ich dich daran, aber der Herr... sie winkte ab.

Morgen machen wir Ziegenbutter, da kannst du die Maschine drehen... wenn ich am Samstag in die Stadt fahre, werde ich dir einen Rasierapparat mitbringen, mit dem Nassrasierer, das geht ja nicht... du siehst furchtbar aus... ach und dann, du weißt, wenn es richtig dunkel ist, vielleicht nach dem Fernsehen, haben wir unseren Termin an der Jauchengrube... ach, dass ich daran denke, der Richy hat geschrieben... na, was man so schreiben nennt... die wollen uns besuchen kommen, die ganze Bande.

Richy, das war ihr Sohn aus erster Ehe und mit „Bande" war seine Familie gemeint, bestehend aus Frau, einem Hund und einem Knaben.

Und sie kamen tatsächlich. Es war ein Donnerstag. Die tägliche Entspannungsstunde war vorbei. Hau mal die Brennnesseln ums Haus ab, hatte sie zu Arne gesagt. Das sieht nicht mehr schön aus... Denn rings um das Haus waren Brennnesseln gewachsen. Sie standen in Reihen und in kleinen Büscheln, bis zu einen halben Meter hoch.

Hack sie klein und gib sie den Gänsen, die mögen das.

Einen breiten Gartenhut auf dem Kopf, es war der vom verstorbenen Mann der Witwe, ging er mit Sense und einer Hacke bewaffnet ans Werk. Es war warm. Das Hemd hatte er bis über die Mitte der Brust aufgeknöpft, eine Zigarette hing ihm locker zwischen den Lippen. Er sah zünftig aus. Der Lover bei der Gartenarbeit.

Auf einmal hörte er jenseits der Gartenpforte Geräusche. Der Besuch stand davor, sie waren den kurzen Kiesweg von der Straße zur Pforte gegangen. Das Auto, einen alten Ford, hatten sie auf der Straße stehen lassen. Der Mann trug ein eine dunkle Joppe, hatte eine blaue Baseball-Kappe mit weißem Schirm auf dem Kopf. Die Frau war recht füllig. Ihr helles farbiges Sommerkleid, für ihre Figur zu kurz, war tief ausgeschnitten. Sie wirkte wie eine aufgeblasene Barbypuppe, mit strohblonden Haaren und breiten, grell geschminkten Lippen. Der Junge, etwa zehn Jahre, hatte eine Brille und abstehende Ohren. Sein Gesicht sah aus, als hätten ihn die Maler mit heller rötlicher Farbe vollgespritzt, alles voller Sommersprossen. Er hatte irgendeinen Zweig abgebrochen und peitschte damit die Luft. Die Mutter gab ihm einen Klaps.

Hör damit auf, Olaf!

Der Junge zog einen Schmollmund und kehrte den Weg, sodass kleine Kieselsteine umher spritzten.

Dührkamp hatte sich verwandelt, er war stocksteif stehen geblieben und starrte mit blöder Neugier den Angekommenen entgegen. Genau wie er es im Dorf von den Bauern gesehen hatte, wenn die einen Fremder mustern.

Was hast du? hörte er Hildy hinter dem halboffenen Küchenfenster rufen. Offenbar hatte sie gesehen wie er zu arbeiten aufgehört und unbeweglich zur Gartenpforte sah.

Ich glaube dein Besuch kommt.

Es ist auch dein Besuch. Sei bitte höflich und nett.

Sie war vor die Tür getreten, hatte sich die Schürze abgebunden. Mit einer Hand fuhr sie sich durchs Haar.

Das ist Richy und seine Sippe.

Ich will mir nur etwas anderes anziehen und das Haar in Ordnung bringen. Sag Ihnen, ich käme gleich, lass sie aber noch nichts ins Haus.

Im Handumdrehen hatte sie in der Küche den Schinken, die Weinflaschen und ein paar Nippes verschwinden lassen, ein bisschen aufgeräumt, dann hörte er sie die Treppe hinaufgehen. Oben Schritte auf dem Flur, im Schlafzimmer, Schranktüren schlugen zu.

Der Besuch, unschlüssig, weil sie keine Klingel gefunden hatten, klopfte an die Latten der Pforte. Eine Frauenstimme fragte: Jemand zu Hause? Arne sah sie nicht richtig, der buschige Ast des Birnbaumes versperrte die Sicht. Dann hörte

Arne ein männliches „Ach was!", die Lattentür gab ihr typisches Knarren von sich.

Der Besuch betrat das Grundstück.

Als sie den jungen Mann, einen Fremden, mit der Hacke auf dem Hof stehen sahen, blieben sie zögernd stehen, genau wie Schafe, die ein fremdes Gelände betreten.

Sie flüsterten, traten näher.

Sie gingen, voran der Mann, dann die dickliche Frau mit dem Jungen an der Hand, der noch immer mit dem Zweig den Staub fegte, auf das Haus zu.

Den Dührkamp mit seinem Gartenhut und der Hacke in der Hand nahmen sie gar nicht zur Kenntnis. Einen Fremden aus dem Dorf, der offenbar ihrer Mutter zur Hand ging, musste man nicht begrüßen. Der Mann klopfte an die blau gestrichene Haustür, öffnete sie einen Spalt, rief hinein: Mutter, bist du da? Wir sind gekommen. Dein Richy, die Evelin und der Olaf...

Wenn sie einen Moment warten wollen. Hildy wird gleich herunter kommen. Nehmen sie einstweilen dort auf den Gartenstühlen Platz... und er zeigte auf die weißgestrichenen Gartenstühle, die um einen runden Tisch herum standen.

Richy und seine dicke Barbypuppe fuhren herum, machten erschrockene Gesichter. Wer war dieser Kerl? Er sprach ja von ihrer Mutter, als sei er mit ihr näher bekannt.

Der Mann befahl dem Sohn: Setz dich dort auf einen der Stühle und verhalte dich ruhig... und die Mutter: Nun wirf doch endlich den Zwei weg. Oder willst du hier den Hof kehren? Dabei sah sie sich um, als ob sie das Anwesen eklig und abstoßend fände.

Zu Arne sagte der Mann: Den Wagen haben wir auf der Straße stehen lassen. Hoffentlich wird er von keiner Kuh bekleckert? Ha, ha, ha...

Seine Frau warf ihm einen vernichtenden Blick zu.

Sie hatten sich inzwischen um den runden Tisch platziert. Der Junge fegte den staubigen Hof zu seinen Füßen, die Frau sah sich mit hochgezogenen Brauen um, unwillkürlich zog sie die Beine an. Eine braune Henne war von hinten gekommen und trippelte pickend näher. Der Mann trommelte auf die

Tischplatte. Schließlich zündete er sich eine Zigarette an, was die Frau wiederum zu einem missbilligenden Blick veranlasste.

Sitz doch endlich mal still, Olaf.

Vom Obergeschoss des Hauses hörte man Hildys schwere Schritte. Sie hatte sich ihr gutes Kleid aus weinroter Kunstseide übergestreift. Mit dem Kamm und zwei, drei Klemmen ordnete sie sich das Haar.

Evelin, die Schwiegertochter, ignorierte immer noch den jungen Mann. Etwas laut sagte sie: Ich wette, deine Mutter zählt erst noch ihre Gänse... hoffentlich ist es im Haus kühler.

Endlich öffnete sich die blaue Haustür und Hildy trat, in ihrem roten Kleid ein wenig fremd aussehend, ins Freie. Sie blinzelte, vom Sonnenlicht geblendet, ging auf ihren Sohn und die Schwiegertochter zu.

Guten Tag Evelin, guten Tag Richy.

Guten Tag, Mutter.

Händeschütteln, zwei Küsse für jeden, kurz und trocken, ohne viel Empathie.

Olaf! Sag deine Oma guten Tag.

Ich hab eure Karte vor drei Tagen bekommen. Schön, dass ihr wiedermal vorbeikommt.

Ja, es hat sich so ergeben. Richy hat so viel zu tun.

Die dicke Barbypuppe verzog den geschminkten Mund. Sie machte eine abwehrende Bewegung. Eine Wespe umschwirrte sie.

Ihr Mann sagte: Nächste Woche bekommen wir den neuen Wagen, dann klappt es vielleicht öfter. Mit der alten Klapper geht es ja kaum noch.

Es ist ein Opel! rief der Junge. Mit seinem Zweig hatte er die Wespe vom Schenkel seiner Mutter verscheucht.

Olaf! Das tat weh.

Immer noch besser als ein Wespenstich, konterte der Junge.

Das ist ja schön mit dem neuen Auto, sagte Hildy. Was kostet der denn?

Ach, nichts weiter, winkte der Sohn ab. Sowas können wir uns schon leisten. Mach dir keine Sorgen.

Was gibt es denn sonst noch für Neuigkeiten?

Und zu Arne gewandt, der zwei Meter weg unentschlossen stehen geblieben war:

Du kannst ruhig dableiben, Arne. Wir haben keine Geheimnisse. Nicht wahr, Evelin?

Diese nickte und sagte, wobei es gewollt beiläufig klang, ganz so wie man nach einem Hund fragt: Ach, Arne heißt er?

Ja, stellen Sie sich vor, ich heiße Arne. Gestatten Sie, Dührkamp, der junge Mann war näher getreten, hatte den Gartenhut abgenommen, die Hacke beiseitegelegt und hielt Hildys Sohn und seiner Frau jetzt die Hand hin. Doch die rührten sich nicht, beachteten die ausgestreckte Hand gar nicht. Stattdessen fragte Richy:

Was machen deine Krampfadern, Mutter? Immer noch so schlimm?

Die Witwe antwortete nicht, winkte ab.

Gehen wir ins Haus, schlug sie vor, da ist es kühler. Werde euch gleich eine Erfrischung anbieten.

Na endlich! lachte Richy, meine Frau wartet die ganze Zeit schon drauf.

Ich will nicht ins Haus. Darf ich mit dem Katapult ein paar Spatzen schießen?

Der Knabe Olaf hatte aus seiner Hosentasche ein solches Schießgerät hervorgeholt und fuchtelte nun damit herum.

Meinetwegen, sagte der Vater, wenn du versprichst, nicht auf Omas Tauben und Hühner zu schießen.

Im Hineingehen machte die Witwe dem Dührkamp ein Zeichen, sich nicht zu scheuen und später nachzukommen.

Drinnen war es tatsächlich angenehm kühl. Sohn und Schwiegertochter setzten sich an den Küchentisch. Die Witwe servierte gekühlten Johannisbeersaft, dazu in einer Karaffe, einen Fruchtlikör, stellte Gläser hin. Die blonde Evelin sah sich um, entdeckte indes nichts Besonderes, zog, wahrscheinlich eine Angewohnheit, die Augenbrauen in die Höhe, verlor bald das Interesse, trank gleich zwei Gläschen Likör hintereinander.

Familiäre Neuigkeiten wurden ausgebreitet.

Evelin: Vorgestern haben wir nach fast fünfjähriger Pause einen Brief von Franzi bekommen (Franziska, „Franzi" genannt, war die Richys Schwester. Sie hatte sich wegen einer Banalität von der Familie losgesagt. Auch zu ihrer Mutter hatte sie keinen Kontakt mehr).

So? reagierte die Witwe, es klang, als ob sie Einzelheiten hören wollte.

Reg sich ab, es stand nichts weiter darin, antwortete Richy. Du kennst sie ja. Eigentlich hat sie von sich ja kaum etwas mitgeteilt. Sie wäre umgezogen, wohne jetzt in Berlin. Die neue Adresse wolle sie aber nicht mitteilen, damit wir sie nicht belästigen könnten, weder brieflich, noch mit einem Besuch…

Belästigen? Das hat sie wirklich geschrieben?

Ja, natürlich, antwortete jetzt wieder die Schwiegertochter, die sich einen dritten Likör genehmigt hatte, du weißt ja, Mutter, Beleidigungen sind ihre große Stärke. Aber wir hätten ihr sowieso nicht geschrieben…

Und hingefahren wären wir auch nicht, ergänzte Richy.

Die Witwe machte ein trauriges Gesicht. Trotzdem, ich muss immer an das Kind denken, sagte sie leise.

Nach allem, was sie dir angetan hat?

Sie ist immerhin meine Tochter. Ihr verzeiht doch eurem Olaf auch jede Dummheit.

Das ist etwas anderes, Mutter.

Die Witwe wusste, das Gespräch musste eine andere Richtung bekommen, sonst würde es Streit geben. Sie fing von ihrem Nachbarn zu erzählen an:

Stellt euch vor. Vor drei Tagen haben sie meinen Nachbarn erschlagen. Zwei Alkis im Suff. Er hatte sie ein paar Tage bei sich wohnen lassen.

Was? Den kleinen Herrn Reukschat? fragte Richy, das ist ja schlimm.

Ja, den Reukschat, bestätigte die Witwe.

Mit einem Seitenblick sagte die blonde Schwiegertochter: Ja, man soll vorsichtig sein, wen man bei sich aufnimmt.

Und Richy ergänzte: Der Kerl (er zeigte mit dem Daumen nach draußen) wohnt doch hoffentlich nicht etwa bei dir, Mutter? Der ist doch sicherlich nur tagsüber da? Zur Aushilfe? Oder?

Nein, Herr Dührkamp, wohnt zur Zeit bei mir. Ohne seine Hilfe würde ich meine Arbeit nicht mehr schaffen. Ich bin jetzt über Sechzig. Das scheint ihr vergessen zu haben – so wie meinen letzten Geburtstag.

Pause. Betretenes Schweigen.

Einen Fremden? Zur Hilfe? Du hast ja leider keine Kinder, Mutter, polterte Richy los.

Kann ich euch denn fragen, ob ihr mir helfen wollt? Euch ist es ja schon zu viel, mir ein paar Eimer Äpfel abzunehmen. Oder Pflaumen. Oder Quitten. Oder... ach, was weiß ich. Dabei geht es ja nur ums Abnehmen, noch nicht einmal ums Pflücken. Wenn man allein ist und so ein Anwesen hat, muss man sich etwas einfallen lassen...

Wir sind berufstätig, Mutter, entgegnete die Schwiegertochter. Sie zeigte einen deutlichen Schmollmund. Eine blonde Strähne hing ihr kampflustig in die Stirn. Und auch Richys Miene hatte sich verfinstert:

Wenn man berufstätig ist, da hat man nicht so viel freie Zeit... da hat Evelin recht. Was ist denn deine Aushilfe von Beruf? Wieso kann er dir einfach so helfen? Hat er Urlaub?

Oder gar keine Arbeit? fügte die Schwiegertochter hinzu.

Das geht euch gar nichts an!

Die Witwe geriet allmählich in Zorn. Es war immer dasselbe. Kaum war ihr Sohn mit seiner Frau zu Besuch, gab es nach kurzer Zeit Streit. Das Thema war egal, immer gerieten sie aneinander. Und sie dachte gar nicht daran, sich wegen des Arne rechtfertigen zu müssen oder etwa Auskünfte zu seiner Person geben zu müssen.

Na gut, Mutter, das ist ja deine Sache, lenkte Richy ein. Er war heute in versöhnlicher Laune, vielleicht wegen des neuen Autos, das sie kaufen wollten oder weil er vor ein paar Tagen in seiner Firma wider Erwarten richtig viel Urlaubsgeld bekommen hatte und sich nun seinen Traum von einem

Meeresaquarium verwirklichen konnte. Da hatte ihm noch Geld gefehlt.

Die Witwe nahm diesen Ball auf, sie lächelte ihren Sohn dankbar an und fragte, ob sie vielleicht noch etwas anbieten könne? Sie hätte ein hervorragendes Pistazieneis im Tiefkühlfach, dazu vielleicht etwas Schlagsahne... Oh ja, rief die Blondine, für mich eine Riesenportion...

Hildy ging in die Speisekammer, wo der Kühlschrank stand, sie holte ein paar Schüsseln, legte kleine Löffel heraus.

Da klopfte es und der Arne Dührkamp trat barhäuptig und, indem er den Kopf ein wenig einzog, ein. Er blieb stehen, wartete, bis die Witwe ihm zunickte und an den Tisch bat. Er setzte sich vorsichtig an eine Ecke, legte die Hände in die Schoß.

Willst du auch ein Eis? fragte die Witwe.

Er lächelte sie an, nickte.

Da fuhr die Schwiegertochter in die Höhe, mit einer Hand wischte sie sich die Strähne aus der Stirn, ihre Wangen röteten sich: Also Mutter, wenn jetzt schon das Personal mit uns am Tisch sitzen darf – das geht nicht.

Wieso nicht? Herr Dührkamp hat das gleiche Recht hier zu sitzen wie du.

Nein, Mutter, das verstößt gegen alle Regeln.

Welche Regeln?

Na gut! die Blondine warf ihrem Mann einen hasserfüllten Blick zu, dann werde ich eben aufstehen und rausgehen. Ich wollte sowieso mal nachsehen, was unser Olaf draußen so treibt.

Richy war noch unentschlossen, er stocherte in seinem Eis, dann sagte er:

Also wirklich, da hat Evelin recht, Mutter. Kannst du nicht warten, bis wir wieder fort sind? Wenn du unbedingt deinen Haus- und Hofarbeiter am Tisch haben willst, könntest du wenigstens auf uns Rücksicht nehmen.

Er nahm die Likörflasche vom Tisch, tat es mit einer hastigen Bewegung, beinahe so als wolle er sie vor dem neuen Hausgast in Sicherheit bringen, setzte sie dann aber, ohne ein

114

Glas zu benutzen, an die Lippen, trank ein paar Schlucke. Als er sie wieder auf den Tisch setzen wollte, entglitt sie ihm. Sie schlug auf den Fußboden, zersplitterte. Der klebrige Likör spritzte an die Küchenmöbel. Arne machte eine reflexartige Bewegung, bückte sich. Da schrie Richy, der Sohn, der diese Reaktion als einen Angriff auf sich missdeutete: Vergreif dich nicht an mir, verdammter Lump!

Das war zu viel! Jetzt reichte es der Witwe. Sie sprang auf. Sie legte dem Arne beruhigend die Hand auf die Schulter, flüsterte:

Bleib ruhig, das ist meine Sache!

Mit zwei Schritten war sie bei ihrem Sohn, riss ihm die Schüssel mit dem Eis aus den Händen, nahm auch die Schüssel ihrer Schwiegertochter an sich, schrie mit verzerrtem Gesicht:

Und jetzt raus! Scher dich von meinem Hof. Und nimm dein aufgeschwemmtes Blondchen und euer verzogenes Söhnchen gleich mit. Na los! Fort mit euch!

Richy verstand nicht gleich. Fassungslos starrte er seine Mutter an. Dann stand er langsam auf, ging zur Tür, drehte sich noch einmal um, fragte:

Mutter, weißt du, was du tust?

Oh, ich weiß, was ich tue. Eine Tracht Prügel wäre angemessen. Los haut ab. Und viel Spaß mit dem neuen Auto. Hoffentlich hat es bald eine ordentliche Beule. Na los, was gaffst du? Ich will euch nicht gleich wieder sehen. Und die Äpfel werde ich auch so los...

Richy verließ das Haus, knallte die Tür zu. Draußen hörte man ihn brüllen:

Evelin! Nimm den Olaf! Komm, wir gehen!

Und mein Eis? Das schöne Eis, jammerte die Schwiegertochter. Der Junge fragte: Was?? Es hat Eis gegeben? Ich will auch eins.

Scheiß auf euer Eis. Los, wir hauen ab. Die Alte hat ja einen Knall.

Die Gartenpforte knarrte. Fort waren sie.

Am nächsten Morgen. Die Vögel zwitscherten. Es war frisch. Die Witwe war zum Briefkasten gegangen. Es fröstelte sie, sie zog die Schürze über der Brust zusammen.

Als sie die Gartenpforte öffnete, musste sie wieder an ihren Sohn denken und wie sie ihn gestern hinausgeworfen hatte. Da entdeckte sie einen Zettel an der Pforte. Er war mit einer Reißzwecke an eine der Latten festgezweckt. Sie las ihn nicht, sie steckte ihn in die Schürzentasche. Wer weiß, wer da was will? dachte sie. Vielleicht ein Nachbar? Oder die Altstoffsammlung?

In der Küche, Arne saß noch am Tisch und aß ein Käsebrötchen, legte sie die Post, Zeitungen, Werbeprospekte und zwei, drei Briefe auf den Tisch, fischte den Zettel aus der Schürze. Sie las ihn, musste sich setzen, schnaufte.

Dührkamp schaute auf. Er musterte die Witwe, hörte auf zu kauen.

Was hast du? Was ist das für ein Zettel?

Lies selbst!

Sie reichte ihm das Papier, handtellergroß, liniert, aus einem Schulheft gerissen, über den Küchentisch.

„Eines Tages wirst auch du dran glauben müssen. Wenn man einen Mörder im Haus hat, ist das nur eine Frage der Zeit. Viele Grüße von einem Freund."

Das ist dein Herr Sohn gewesen. Er hatte so eine Wut auf dich...

Aber er kennt dich doch gar nicht und er weiß nichts von dir. Nein, so etwas macht der Richy nicht. Da hat er auch nicht genug Grütze im Kopf.

Wer soll es dann sonst gewesen sein?

Da gibt es mehrere Möglichkeiten. Ich wette, es ist irgendeiner aus dem Dorf. Da gibt es genug Leute, die den ganzen Tag hinter der Gardine stehen und sich auf alles einen Reim machen, was ihnen komisch vorkommt. Oder mein Freund, der Willi, hat wieder mal gequatscht. Der geht ja manchmal in die Kneipe und wenn er zwei Bier getrunken hat, fängt er an

116

blödes Zeug zu reden. Und wenn ihm dann einer noch einen oder zwei Schnäpse spendiert, hört er gar nicht mehr auf. Glaub mir, ich kenn den kleinen Arsch...

Egal, wer es nun war. Wie wollen wir es rauskriegen? Und wir müssen es erfahren. Um jeden Preis. Vielleicht sind Uwe und Kalle doch irgendwie in der Nähe. Und jetzt geht der Tanz los.

Ach Arne, du siehst Gespenster. Es ist irgendeiner aus dem Dorf, glaub mir. Einer, der sich einen Spaß auf meine Kosten machen will. Ich muss mal nachdenken...

Sie räumte den Tisch ab, ging hinaus. Arne hörte sie Treppe zu ihrem Schlafzimmer hinaufgehen. Nach ein paar Minuten kam sie wieder.

Ich weiß jetzt, wie wir es machen, sagte sie.

Arne zog die Brauen hoch. Er war gespannt.

Pass auf! Ich hab einen bestimmten Verdacht. Wenn ich nicht irre, geht das auf Früheres zurück... wir werden einen Beobachtungsposten einrichten, denn ich wette, mein neuer, alter Freund wird heute oder morgen, vielleicht auch übermorgen, einen neuen Zettel, oder diesmal ein Briefchen, an unsere Pforte heften. Er wird sich weiter mitteilen wollen... das ist wie eine Sucht, glaube ich... und du wirst als erster den Posten beziehen... vielleicht irre ich mich auch und es ist jemand anderes. Egal.

Posten beziehen? Wo denn?

Ich war gerade mal nachsehen. Oben in meiner Schlafkammer. Von dem kleinen Fensterchen aus, ganz links neben dem Kleiderschrank, von da kannst du die Gartenpforte und ein Stück des Weges von der Straße halbwegs gut sehen. Nimm dir einen Hocker. Setz dich ans Fenster, aber die Gardine lässt du wie sie ist. Nicht beiseite ziehen. Du siehst auch so genug. Nimm dir ein kleines Heftchen... hier dieses, sie zog einen schwarzes Heft von der Größe eines Vokabelheftes aus ihrer Schürze, reichte es Arne... und schreib alles rein, was du siehst. Mit Uhrzeit und Datum.

Wann soll ich...?

Am besten gleich. Ich denke, die wichtigsten Zeiten werden am frühen Morgen, über Mittag und am Abend sein...

Und wie lange...?

Erst einmal zwei, drei Tage. Wenn ich dich hier unten brauche, und zu den Mahlzeiten, hole ich dich. Ich werde in der Zwischenzeit meine Arbeiten erledigen wie immer... im Haus und Hof und im Garten werkeln, das Viehzeug versorgen; vielleicht wird der Kerl, wenn er dich nicht entdecken kann, mutiger, wagt sich an mich heran... wir werden sehen.

Kann ich in deiner Kammer rauchen?

Untersteh dich. Die kurze Zeit wirst du es wohl auch mal ohne aushalten.

Also geschah es. Dührkamp bezog seinen Posten in der Schlafkammer der Witwe. Er setzte sich auf den mit rosarotem Kunstpelz bezogenen Hocker hinter der Gardine, er wartete, versuchte konzentriert auf die Gartenpforte zu schauen. Mit der Zeit strengte das an, es verschwammen ihm die Bilder, er musste blinzeln und die Augen zusammenkneifen... natürlich kam niemand. Stunden vergingen. Nicht einmal der Paketdienst, auch kein Nachbar...

Die Witwe saß in ihrer Küche und sortierte Äpfel, die guten von den wurmstichigen, die gesunden von denen mit Braunfäule. Es hatte sich schon zwei und ein halber Eimer mit gesunden und guten und mehr als ein halber Eimer mit faulen und halbfaulen Äpfeln angesammelt. Die würde sie später ausschneiden und zu Apfelmus verarbeiten. Es war jetzt schon eine ziemliche Menge. Dabei hatte die Apfelernte erst begonnen. Drei Bäume mit Boskoop und die zwei Halbstämme Schweizer Orangen kämen noch hinzu.

Aber sie will jetzt nicht weiter an die kommende Apfelernte denken, ihre Gedanken wandern, vielleicht bedingt durch diesen albernen Zettel an ihrer Gartenpforte, immer wieder an einen bestimmten Punkt der Vergangenheit:

Es war beinahe um dieselbe Zeit vor fast zwei Jahren. Sie ging damals noch, wie man sagt, in Trauer, ihr Mann war gerade einmal drei Wochen tot. Zwei Mal in der Woche fuhr

118

sie in die Stadt auf den Johannisfriedhof. Dort war das Grab. Das hatten sie noch zu Lebzeiten ihres Mannes ausgesucht. Sie harkte und zog das Unkraut, pflanzte Blumen, begoss die Anpflanzungen, saß viel auf einer Bank nahe dem Grab und sie weinte viel. Schon in der zweiten Woche bemerkte sie, dass ein älterer weißhaariger Mann ihre Nähe suchte. Er lief scheinbar ziellos zwischen den Gräbern umher, jedoch immer in ihrer Sichtweite. Manchmal blickte er zu ihr herüber und es schien ihr, als mache er ihr irgendwelche Zeichen. Es dauerte jedoch noch eine Woche, bis er sie ansprach. Bei ihm sei es die Ehefrau, sagte er, sie wären dreißig Jahre verheiratet gewesen. Ja und bei mir der Mann, hatte sie geantwortet. Nächste Woche wären es 28 Tage, dass er gestorben sei. So kamen sie ins Gespräch. Er setzte sich zu ihr auf die Bank. Danach ergab es sich, dass sie sich regelmäßig trafen. Gemeinsam pflegten sie ihre Gräber, gossen die Pflanzen, brachten Blumen und kleine Kränze mit. Er half ihr die Kannen zu tragen, sie zupfte auf seinem Grab das Unkraut. Später lud er sie in ein Café ein, das in der Nähe lag. Eine Friedhofsbekanntschaft. Das gemeinsame Leid brachte sie näher. Allmählich erfuhren sie mehr voneinander. Das Leid verschwand, die Nähe wuchs. Er war Kunsthändler und er hatte in der Neustadt einen kleinen Laden, aber er wohnte, was für eine Überraschung, im Nachbardorf, in Roschendorf, keine drei Kilometer von Mielschdorf entfernt. Dort hätte er sich, wie er sagte, sein Rückzugsgebiet eingerichtet. Ihn ziehe es in die ländliche Idylle. Ruhe und die Natur, das wäre es, was er nach getaner Arbeit brauche.

Ein Kunsthändler! Das gefiel der Hildy, schließlich war ihr Verstorbener Verleger und somit auch so etwas wie ein Kunstverständiger gewesen. Endlich, nach all diesen Bauern und Dummköpfen, nach diesen Analphabeten und Säufern, wieder mit einem gebildeten und kulturvollen Menschen Umgang haben. Wie schön.

Natürlich sprach sie auch von sich, sie wäre eine Verlegergattin mit eigenem Grundstück, einer Stadtwohnung und nicht unvermögend. Über das „nicht unvermögend" ärgerte sie sich. Das war ihr so rausgerutscht. Eine Prahlerei. So gut kannten sie sich schließlich noch nicht. Und so viel war es schließlich auch nicht, was sie auf dem Konto hatte. Noch nicht einmal fünfzigtausend. Ach Hildy, sagte sie sich, du trägst dein Herz doch noch allzu oft auf der Zunge. Indes, dass sie die Stadtwohnung vor ein paar Tagen verkauft hatte, verschwieg sie.

Der Kunsthändler, er hieß übrigens Benedikt Heinrich Harenburg. „Kunsthandlung Harenburg" stand über seinem Laden. Finden Sie nicht, scherzte er, dass vor das „Harenburg" eigentlich ein „von" gehört? Ja, lachte sie, „Benedikt Heinrich von Harenburg" - das stünde Ihnen gut. Aber, machen Sie sich nichts draus, auch ohne Adelstitel gefallen Sie mir. Sie waren noch beim „Sie".

Er lud sie erst in seinen Laden, dann zu sich nach Hause ein. In der Kunsthandlung eine unübersehbare Fülle von Bildern, Statuen, Nippes, auch Kitsch. Die Touristen, sagte er, besonders aus Übersee, sind ja auf diesen Krempel ganz versessen. Besonders im Sommer sei das eine stabile Einnahmequelle, während das Hauptgeschäft, ganz wie bei den Buchhändlern, um die Weihnachtszeit liege. Er führte sie herum, ließ sie die Plastiken betasten, die Bilder bestaunen.

Fahren Sie doch gleich nach Ladenschluss mit zu mir, schlug er vor.

Das geschah. Er besaß einen alten Lieferwagen. Viel Rost an den Türen, er klapperte und besonders schnell oder bequem war er auch nicht. Sie kamen in Roschendorf an.

Herr Harenburg wohnte am Dorfende in einem Häuschen, das hart an die Straße gebaut war. Es stand ein bisschen schief und den Straßengraben hatte man darum herum angelegt. Das Gärtchen schob sich in den halben Hang hinter dem Haus. Es war nicht groß, von einem morschen Lattenzaun umgeben. Er hätte das Häuschen einem Dorfschullehrer abgekauft, es stünde schon ein halbes Jahrhundert.

Die Zimmer waren niedrig und klein, die Wände schief, die Fenster groß wie die Schulhefte und der Keller war eigentlich nur ein Loch.

Oh, das ist aber eng, konstatierte die Witwe und zog den Kopf ein, als sie über die Schwelle trat.

Ach, sagte der Kunsthändler, für eine Person, vielleicht auch für zwei reiche das vollkommen.

Kommen Sie, ich will Ihnen meine Schätze zeigen.

Er führte sie in die Wohnstube. Sie war niedrig, aber behaglich eingerichtet. Der Blickfang waren drei nicht sehr große Gemälde. Eines von Moritz von Schwindt, eines von Claußen-Dahl und eines von Ludwig Richter. Alles kleinformatige Werke, aber unbedingte Originale. Die deutschen Romantiker seinen seine Lieblinge, erklärte Harenburg. Er habe in seiner Schlafkammer noch einen Spitzweg. Ein Spätwerk. Dies sei aber wahrscheinlich eine Kopie. Er habe es noch nicht prüfen lassen, weil er sich die Illusion erhalten wolle. Herr Harenburg kicherte leise.

Ob er denn keine Angst habe, überfallen und beraubt zu werden?

Ach Gott, nein. Wenn die Leute mein Häuschen sehen, fragen sie sich, was denn da für ein armes Schwein hause. Hier sei noch niemals etwas passiert.

Bei dem folgenden Kaffeetrinken, wobei der Hausherr eine Dose uralter Kekse spendierte, ergriff der Kunsthändler überraschend die Hand der Witwe. Er blickte ihr in die Augen.

Hildy erschrak, denn sie dachte, dass jetzt irgendeine abgedroschene Liebeserklärung folgen würde. Der Kunsthändler hatte schöne, tiefblaue Augen und eine gerade, ausgesprochen hübsche Nase. Sein Mund war ein wenig zu weibisch und das Kinn von einem kurzen Bart bedeckt. Das weiße Haar trug er für ihren Geschmack ein bisschen zu lang.

Aber, was sie dann hörte, war keine richtige Liebeserklärung. Es klang wie ein Abkommen. Sie könnten doch, schlug er vor, eine Art Kooperation eingehen. Er verpflichte sich für geistige Genüsse und Unterhaltung und sie sorge für das leibliche Wohl. Drei Mal in der Woche könnten sie sich treffen. Alternierend, bei ihm oder bei ihr. Am Wochenende dann ein paar Ausflüge machen. Er sah ihre Zweifel. Nein, nein, lächelte er, er habe noch ein richtiges Auto. Das habe er hier im Dorf bei einem Bauern untergestellt. Einen Mercedes 300 SL. Die Witwe war einverstanden. Das gefiel ihr und ein wenig erinnerten sie diese Vorschläge an die Philosophie ihres Mannes, die er bei Karl Marx entlehnt hatte: Jedem nach seinen Fähigkeiten – jedem nach seinen Bedürfnissen.

Sie erklärte sich lachend einverstanden.

So lebten sie ein halbes Jahr. Ein paar Mal schliefen sie beieinander. Sogar in Mielschdorf. Das Bäuerlein Willi hätte beinahe, so verdrehte er den Hals, seine Mistkarre umgekippt, als er den Mercedes vor dem Haus der Witwe geparkt sah.

Aber es war nichts passiert. Sie hatten sich scheu und diskret ausgezogen, sich nebeneinander gelegt, ohne einen Gute-Nacht-Kuss, am Morgen waren sie nacheinander aufgestanden, hatten getrennt das Bad benutzt. Dann gefrühstückt. Harenburg war in die Stadt gefahren. Der Laden durfte ja nicht geschlossen bleiben.

Ein paar Mal waren sie bis nach Leipzig und einmal auch nach Berlin gefahren. Der Kunsthändler hatte Hildy zu Auktionen mitgenommen. Dort erstand er gelegentlich ein paar Extrastücke. Die Witwe fühlte sich wohl. Das alles erinnerte sie an ihr früheres Leben, als sie an der Seite ihres verstorbenen Mannes mit zu den Buchmessen nach Leipzig, nach Frankfurt und ein Mal sogar nach Wien gefahren war. Derselbe Trubel, die gleiche Atmosphäre, Leute von derselben Art... und ihr Kunsthändler eine geachtete, gern gesehene, von den Frauen umschwärmte Person.

Die Witwe dachte indes nicht daran, mit diesem Harenburg eine Lebensgemeinschaft oder gar eine festere Form, etwa eine Ehe, einzugehen. Nein, das käme nicht in Frage. Heiraten!? Niemals. Sie hatten sich ja noch nicht einmal geküsst, keiner hatte den anderen vollständig nackt gesehen. Und Sex hatte es auch keinen gegeben. Dabei hatte die Witwe das Gefühl, dass ihr was gefehlt hätte. Es hatte sich einfach nicht ergeben und sie waren ja beide alt genug, nicht darauf zu drängen. Man konnte warten. Nichts ist schlimmer als körperliche Nähe zur unpassenden Zeit oder sie gar zu erzwingen.

Eines Tages aber, sie saßen in Roschendorf in der niedrigen Wohnstube, druckste der Kunsthändler herum, er müsse mit ihr etwas sehr Wichtiges und Dringendes besprechen. Er rührte in seiner Kaffeetasse, wiewohl der Zucker längst aufgelöst war. Er legte den Löffel weg und nahm ihn wieder auf.

Was ist denn Ben? Sie waren seit einem Monat zum „du" übergegangen und die Witwe hatte den Vornamen des Kunsthändlers, „Benedikt", kurzerhand gekürzt, modernisiert und in „Ben" umgewandelt. Er hatte gelächelt und es sich gefallen lassen. Er nannte sie „Hildy", so hieß sie erben, da brauchte nicht viel verändert werden.

Er wurde rot wie ein Schuljunge und sagte nichts.

Ben! Was hast du?

Ich weiß nicht wie ich es sagen soll.

Sag es einfach. Wir sind allein. Außer deinen alten Gemälden kann uns keiner hören.

Ich weiß nicht...

Na, wenn du dich nicht getraust, musst du deine Sorgen eben weiter mit dir herumschleppen. Gibt es Ärger in der Kunstszene? Hast du Schulden gemacht?

Nein, nein. Es geht um uns... um uns als... als... Paar.

Ach, mein lieber schüchterner Ben... nun sag der lieben Hildy, wo dir der Schuh drückt. Wir finden schon eine Lösung. Um uns als Paar, sagst du, geht es?? Willst du mir einen Antrag machen?

Nein, nicht direkt...

Da bin ich ja beruhigt. Sie lachte leise. Also, ich höre.

Siehst du, Hildy, fing der Kunsthändler an und griff nach ihrer Hand, wir sind ja nun schon eine ganze Weile zusammen...

Ja, fast sieben Monate.

Zweihundert und dreizehn Tage... und, er schaute auf die Uhr, und zweiundzwanzig Stunden.

Oh, du zählst mit?

Ja... und, obwohl wir uns so häufig sehen, vieles gemeinsam unternehmen und sogar schon ein paar Mal die Nacht zusammen verbracht haben, ist es noch nichts passiert, nicht mal, dass wir uns geküsst hätten oder... oder...

Oder?

Ja oder dass wir Sex miteinander gehabt hätten.

Sex? Brauchst du das?

Erst dachte ich, es ginge auch ohne – wir sind ja alt genug - aber jetzt sage ich: Wir müssen uns... müssen uns... dazu durchringen. Wir müssen auch das Sexuelle...

Durchringen? Das Sexuelle? Wie meinst du das?

Ja, ich meine, Hildy... lass uns... es entstand eine längere Pause, der Kunsthändler rang nach Worten, er war puterrot geworden. Er starrte, den Kaffeelöffel hatte er weggelegt, in seine Kaffeetasse. Lass uns einfach mal... lass uns „bumsen", ja los, na los Hildy, gleich hier, wenn es sein muss vor meinen Lieblingsgemälden... gleich auf dem Fußboden... jaaaaa. Ha, ha, ha...

Er lachte hysterisch und befreit auf, küsste Hildys Hand, zerrte ihren Arm zu sich heran, küsste auch ihn, näherte sich ihrem Hals, dem Gesicht.

Die Witwe entriss ihm Hand und Arm, sie sprang auf, trat ein paar Schritte zurück, wich bis zur Wand zurück, stieß dabei mit der Schulter an ein Wandregal, wo ein paar kleine Teller, Becher und Näpfe aus Keramik aufgestellt waren. Die klirrten, ein Tellerchen fiel um. Der Kunsthändler schaute ängstlich auf und machte eine hastige Bewegung, als ob er aufspringen und seiner Keramik zu Hilfe kommen müsse.

So geht das nicht, Benedikt! rief die Witwe sehr laut und bestimmt.

Sie hatte das Gefühl, als ob etwas zerrissen und entweiht worden wäre. Sex!? Nein, niemals, das passte nicht in ihr Vorstellungsmuster. Und irgendwie war der Kunsthändler in diesem Punkt auch nicht der richtige Typ. Sex? Mit dem? Nein. Vielleicht, weil er sie so sehr an ihren verstorbenen Mann erinnerte. Sie liebte ihren verstorbenen Ehemann noch immer. Es wäre ihr wie ein Sakrileg vorgekommen.

„Bumsen!?" mein Gott. nein, das konnte sie, das wollte sie nicht...

Sie schrie ihn an: Du benimmst dich ja wie ein Student. Deine Hormone haben sich selbstständig gemacht. Nimm dich zusammen.

Harenburg saß am Tisch, mutlos und zerstört, ein Stück Elend. Nichts deprimiert einen Mann bekanntlich mehr, als wenn er mitten in einer aufwallenden Begierde abgewiesen wird. Er kam sich erniedrigt und beleidigt vor. Wie ein dummer Junge wird man behandelt, dachte er. Seine Brunst schlug in Wut um. Er stand abrupt auf, verließ den Raum. Türen knarrten, Türen wurden zugeschlagen. Schritte entfernten sich. Hildy hörte wie er wegfuhr.

Auch gut, dachte sie, zog ihre Jacke über, ging auf die Straße.

Ein Kraftfahrer nahm sie mit nach Mielschdorf.

Ein paar Wochen sahen und hörten sie nichts voneinander. Keiner der beiden Streitenden getraute sich auf den Friedhof zu gehen, aus Angst, dem anderen dort zu begegnen. Eine seltsame unsichtbare Wand schien aufgerichtet.

Dann kam der erste Brief von ihm.

Er war nur eine halbe Seite lang. Kläglich wie ein verprügelter Hund jammerte der Kunsthändler um Gnade. Er wolle alles tun, was sie gütig stimme, wolle sanft wie ein Lämmchen sein, aber sie müsse ihn verstehen, er sei ein Mann, wenn auch kein junger mehr, so doch ein Mann, und Männer wollten von einer Frau nun mal nicht nur das Essen gekocht und die Strümpfe gestopft, sie müssten eine Frau auch für ihre sinnlichen Bedürfnisse haben. Er bitte um eine Antwort... Die Witwe war beim Lesen dieses Briefes ein wenig amüsiert, zum anderen aber auch erbost. Warum verstünde er sie nicht? Sie wäre ihm doch nicht böse, sie fände ihn nett und sympathisch, aber, um mit ihm Sex zu haben, wäre er nicht der richtige. Sollte sie ihm das direkt zu verstehen geben? Ganz und gar ins Gesicht sagen? Das war schwer. Aber wahrscheinlich müsste es sein. Sie wartete vier, fünf Tage, dann setzte sie sich hin und schrieb. Sie schrieb ihm zwei Sätze voller Komplimente, dann kam sie auf den Punkt: Er solle sie nicht falsch verstehen, sie wolle ihn nicht beleidigen, aber nach körperlicher Nähe mit ihm verlange es sie nicht. Da sei er einfach nicht der richtige. Zu sehr ähnle er im Äußeren, auch in seiner Art und den Ansichten, ihrem verstorbenen Mann. Und gerade diese Ähnlichkeiten schrecke sie ab. Da gäbe es in ihr eine innere Barriere. Auch käme es ihr wie eine schwere Sünde vor. Ob es ihm nicht auch so gehe, wenn er an seine verstorbene Frau dächte? Sie jedenfalls liebe ihren Mann noch zu sehr, das müsse er bitte verstehen – sie wolle mit ihm keinen Geschlechtsverkehr. Punktum...

Zuerst hatte sie gezögert, das Wort hinzuschreiben „Geschlechtsverkehr". Wäre das nicht zu direkt und plump? Wahrscheinlich zieme es sich auch nicht, in einem Briefe solche Worte zu wählen, aber dann dachte sie: Nein, er müsse begreifen, worum es ihr ging, sie müsse sich klar und direkt ausdrücken...

Sie klebte den Brief zu, trug ihn zum Briefkasten – es gab im ganzen Dorf nur einen – war erleichtert, seufzte tief.

Ihr Gedankenaustausch, der Widerstreit in Briefen zog sich hin. Nach weiteren zwei Wochen bekam sie eine Antwort. Wieder bettelte der Kunsthändler um ihre Gunst. Auf ihre Argumente ging er nicht ein. Kein Wort, ob es ihm wie ihr ginge. Kein Wort von seiner verstorbenen Frau. Ihre Offenheit blieb ungehört. Er wolle ihr, schrieb er, ein kuscheliges Nest bauen, sie verwöhnen und auf Händen tragen. Dafür aber wünsche er von ihr nur eines: Neben ihr als vollwertiger Mann zu leben, mit allen Pflichten, aber auch mit allen Rechten. Er biete ihr die Ehe an. Was könne ein Mann mehr tun...

Sie knüllte den Brief zusammen, warf ihn in einen Papierkorb, zusammen mit alten Briefumschlägen und Werbeprospekten. Dann nahm sie ihn wieder heraus, glättete ihn, steckte ihn in ein schweres Buch, um ihn wie ein Weinblatt zu pressen.

Nein, diesmal antwortete sie nicht, sie wartete. Wartete lange, viele Monate, bis die Erinnerung die ganze Geschichte mit einer Schicht Patina überzog. Sie sahen sich nicht wieder. Manchmal dachte sie an ihn. Er, so hoffte sie immer wieder, würde das Gleiche tun. So dachten sie, gedachten einer dem anderen, versuchten eine angenehme Erinnerung zu bewahren, aber in Wahrheit war es ein Stachel, der in ihren Herzen saß. Keiner wollte sich korrigieren, keiner den ersten Schritt tun, und so blieb alles wie eine unvollendete Sinfonie. Wiewohl sie sich räumlich nahe waren, denn nur 3 Kilometer trennten sie, waren sie sich ferner, als würden sie in fremden Ländern leben. Einmal war sie in der Nähe seiner Kunsthandlung gewesen, ein paar Meter lenkte sie ihre Schritte zu ihm hin, doch dann machte sie abrupt kehrt.

Warum ich? fragte sie sich.

Genauso ging es ihm. Er war in Mielschdorf aus dem Bus gestiegen, hatte es aber nur bis zum Hof des Bäuerleins Willi geschafft. Als er ihre Gartenpforte sah, klopfte ihm das Herz wie einem Gymnasiasten, doch dann, es war die Zeit, da Arne Dührkamp bei ihr eingezogen war, sah er den jungen Mann bei irgendeiner Arbeit auf ihrem Hof. Er sah ihn nicht deutlich, nur als einen Schatten, hörte aber wie sie den jungen Mann rief: Hallo, Arne kommst du mal? Da schüttelte es ihn, als ob er Essig getrunken hätte, und er fluchtete zurück zur Bushaltstelle. Da kein Bus kam, nahm er ein Taxi, sagte: Schnell. Fahren sie schnell nach Roschendorf. Der Taxifahrer fuhr so schnell er konnte. Und er berichtete den neuesten Dorfklatsch. Der Kunsthändler Harenburg hörte unkonzentriert zu. Nur schnell weg... Der Nachbar der Witwe Reukschat erfreute sich damals noch bester Gesundheit... er wusste nicht, es waren seine letzten Tage.

Die Witwe hatte später von dieser Tour und dem Beinahe-Zusammentreffen erfahren. Die Taxifahrer sind redselige Leute. Den Rest reimte sie sich zusammen...

Jetzt, in ihrer Küche mit den Äpfeln, sprach sie leise zu sich: Man muss mit all dem leben. Es ist aus. Die Sache verfahren. Schade, aber nicht zu ändern. Sie seufzte.

Eine stille silberne Wehmut hatte sich ihr auf die Seele gelegt wie Raureif auf das Gras im Spätherbst; aber dann schnitt sie weiter die Äpfel aus, schob sich ab und zu, nur von Daumen und Fruchtmesser geschickt gehalten, einen

Schnipsel zwischen die Lippen, kaute nachdenklich, prüfte den Geschmack. Oh ja, das werde einen guten Most geben...

Es war früher Nachmittag. Sie hatte plötzlich die Eingebung zur Gartenpforte gehen zu müssen. Warum hätte sie nicht sagen können. Das Tor stand ja sozusagen unter Beobachtung ihres „Hausgastes". Wenn etwas Auffälliges geschehen wäre, hätte er sich bestimmt gemeldet. So war es ausgemacht. Trotzdem, eine Ahnung sagte ihr, dass sie jetzt selber einmal nachsehen müsse. Sie stand auf und ging hinaus. Auf dem Weg zur Pforte wandte sie den Kopf, sah sie sich nach oben zu dem Fenster um, hinter dem sie Dührkamp zu sitzen wusste. Indes, sie sah ihn nicht. Aber das war wegen der Gardine nicht weiter verwunderlich. Und so machte sie sich keine Gedanken. An der Holzpforte angekommen, sah sie sofort den neuen Zettel. Doch das war diesmal kein kleiner Wisch, das war ein zusammen gefaltetes Papier, indes auch wie der erste Zettel mit einer Reißzwecke angeheftet. Entschlossen riss die Witwe das Papier von der Latte. Ein kleiner Fetzen blieb an der Reißzwecke hängen. Diese entfernte sie nicht. Das soll der Arne machen, dieser Faulpelz. Wieso hat er nichts gesehen und mich nicht alarmiert? Sie stürmte zurück ins Haus, stapfte wütend hoch in ihr Schlafzimmer, besann sich indes und öffnete die Tür leise und vorsichtig. Und, siehe da! Ihr Beobachter schlief. Er lag mit ausgebreiteten Armen rücklings auf ihrem Bett und schnarchte. Sie schnüffelte. Tatsächlich, hat doch der Kerl es gewagt, hier zu rauchen. Sie suchte nach der Zigarettenasche, fand sie auf einem Stück Pappe auf dem Fensterbrett. Sie war noch warm. So ein verdammter Lump. Sie weckte ihn, indem sie ihm eine Ohrfeige gab. Nicht so stark, freilich, mehr ein Klapps. Aber das genügte, um den Schläfer erschrecken und hochfahren zu lassen.

Nennst du das Beobachtung?

Keine Antwort.

Ich frage dich, ob du das „beobachten" nennst?

Ich weiß auch nicht, entschuldige, da muss ich wohl einfach weggesackt sein.

Weggesackt? Geschnarcht hast du. Meinen Glückwunsch.

Bitte entschuldige. Soll nicht wieder vorkommen.

Das kommt auch nicht wieder vor, weil wir die Aktion abbrechen.

Wie meinst du das - abbrechen?

Weil es sich erledigt hat. Mein Freund hat eine neue Nachricht an die Tür geheftet. Diesmal länger... hier! Lies mal vor. Ich hab meine Brille unten gelassen.

Sie reichte ihm das Papier. Komm lies.

Dührkamp nahm den Zettel, faltete ihn auseinander, las: *„Ich habe dein Spiel durchschaut. Dass dieser Mann in deinem Haus wohnt, ist kein Zufall. Eines schönen Tages wirst du mit seiner Hilfe erreichen, dass du das leer gewordene Nachbargrundstück erhältst. Du warst schon immer lasterhaft wie sonst was und hast die Leute für deine Zwecke eingespannt. Du tust dich mit dem Teufel zusammen, wenn es dir nützt. Und stößt diejenigen vor den Kopf, die dich wirklich lieben. Aber, pass nur auf, dein Ende wird schrecklich sein. Allein und von allen verlassen, mit den Überbleibseln deiner Verbrechen, wirst du enden. Dein alter Freund."*

Die Witwe lachte hysterisch und spitz auf.

So ein Blödsinn. Aber nun bin ich mir klar, wer der Schreiber ist. Heute Abend machen wir diesem Idioten einen Besuch. Und du kommst mit.

Ich? Dührkamp protestierte. Er sprang vom Bett. Das geht mich doch gar nichts an. Das wird irgend so ein Verflossener von dir sein. Nein, mach das nur alleine ab...

Wenn ich sage, du kommst mit, dann kommst du mit. Verstanden? Sie schaute auf ihre Armbanduhr, blinzelte, fragte den Arne wie spät es wäre... Scheißbrille, murmelte sie.

Halb Viere.

Gut, in zwei Stunden fahren wir nach Roschendorf. Mit den Fahrrädern. Ein Auto hab ich ja nicht. Müssen wir uns mal zulegen, jetzt, wo das Geld da ist.

Wir geben kein Geld aus. Das fällt nur auf... dass ich den nicht gesehen hab, sagte Dührkamp leise, er war zum Fenster getreten und schaute hinunter zur Gartenpforte.

Ich hab ja nicht gesagt, dass wir ein Auto jetzt gleich kaufen wollen, in der nächsten Stunde, oder morgen, oder noch diese Woche. Aber kaufen werden wir eins. Quatsch also keinen Blödsinn... entgegnete die Witwe, du machst jetzt die Fahrräder einsatzbereit, Luft, Kette und so weiter, du weißt schon... in zwei Stunden fahren wir, klar?

Du tust ja so, als ob es dein Geld wäre, widersprach Dührkamp. Man konnte ihm den Ärger ansehen.

Die Witwe spöttisch: Ist es das etwa nicht, wo es jetzt auf meinem Grund und Boden verwahrt ist?

Meine Liebe, pass auf, was du sagst, es ist immer noch meine Kohle.

Und du? Pass nur du auf, dass es auch deine Kohle bleibt.

Was soll das heißen?

Nichts, gar nichts... nur eine kleine Warnung, oder eine Mahnung... zur Vorsicht, weiter nichts.

Sie nahm den Zettel, den der Dührkamp auf dem Bett liegen gelassen hatte, faltete ihn wieder zusammen, steckte ihn in die Schürze, wandte sich zur Tür und ging aus dem Zimmer. Dührkamp schaute ihr nach, er hörte wie sie die Treppe hinunterging, hörte wie sie zu sich selber noch irgendetwas sprach, er konnte es nicht verstehen.

Der junge Mann schüttelte den Kopf. Kleine Warnung? Mahnung? murmelte er. Was soll das??

Er war dann, nachdem er die Fahrräder aus dem Schuppen geholt und sich an ihre Fahrtüchtigkeit gemacht hatte, hinter das Haus, bis zur alten Jauchengrube gegangen, hatte alles kontrolliert und eine Weile mit gekreuzten Armen dagestanden. Vieles war ihm durch den Kopf gegangen, aber dann hatte er den Kopf geschüttelt und sich wieder mit den Fahrrädern beschäftigt. Er hatte Luft auf die Reifen gepumpt, die Kettenspannung und die Festigkeit einiger Schrauben überprüft, war mit einem Lappen über die verchromten Teile gefahren, hatte sogar ein bisschen Öl auf Ketten und Bowdenzüge gegeben. Warum sie nur wollte, dass er mit nach Roschendorf fuhr? Was sollte er da? Ihren Liebhaber oder den Bodyguard geben? Er kannte den Kerl nicht, zu dem sie fuhren. Nur einmal hatte sie von ihm gesprochen, aber er erinnerte sich nicht in welchem Zusammenhang...

౸

Punkt halb sechs Uhr betätigte Dührkamp auf dem Hof die Fahrradklingel. Er stand, die beiden Fahrräder an einen Gartenstuhl gelehnt, daneben und rief zum Haus:

Hildy, kommst du nun oder nicht? Es ist halb sechs.

Jaaa, ich komm ja schon, darf nur nichts vergessen.

Die Witwe Heinz tritt aus der blau gestrichenen Haustür, an der seit 3 Tagen ein Sträußchen Trockenblumen hängt, sie hat sich, wie der Dührkamp sogleich feststellt, „aufgedonnert". Die Haare mit Lockenwicklern und mit viel Haarspray in Form gebracht. Sie hat sich in ihr weinrotes Kunstseidenkleid gezwängt. Das ist mindestens 10 Jahre alt. Eine falsche Perlenkette pendelt vor ihrer Brust. Dührkamp, als er das enge Kleid sieht, überlegt, wie das mit dem Fahrradfahren gehen soll. Da wird sie wohl die Beine bis zu den Schenkeln freimachen müssen. Das Schlimmste aber sind die schwarzen, hochhackigen Schuhe.

Die wirst du wohl gleich auf den Gepäckträger klemmen müssen, feixt der Dührkamp und erntet einen zornigen Blick, mein Gott, warum du dich wegen so einem so in Schale werfen musst...

Lass das meine Sorge sein.

Bis zur Gartenpforte wird geschoben, dann schwingen sie sich auf die Fahrräder, wobei das der Witwe schon einigermaßen schwerfällt. Bis sie in Tritt kommt, trudelt sie auf der Straße in Schlangenlinien. Wie der Dührkamp vorausgesehen, muss sie das Seidenkleid bis über die Hälfte ihrer Schenkel hinaufschieben. Da sie keine Strümpfe angezogen hat, prangt das weiße Fleisch wie die Dickbeine im Ladenfenster beim Metzger. Dührkamp verkneift sich einen Kommentar.

Die Witwe fährt voraus.

Komm nur hinter mir her. Du weißt ja sowieso nicht, wo es ist.

Sie fahren an diesem Spätsommerabend durch die hügelige Landschaft. Mal sind nur die Köpfe zu sehen, dann die Oberkörper, schließlich der komplette Radler. Sie fahren die Kirschallee entlang, die Straße ist schmal, aber gut asphaltiert. Nur einmal müssen sie anhalten und absteigen, als ihnen ein Bauer mit einer Fuhre Krummet entgegen kommt. Der Bauer wird von seinem Hund, einem langhaarigen braunen Ungetüm, bei dem man weder Augen, noch Ohren oder Nase sieht, begleitet. Der Hund schnüffelt bei den beiden Radlern, etwas länger bei der Witwe und kürzer bei dem jungen Mann. Dann geht es weiter.

Na komm, was glotzt du dem Bauern nach? Wenn wir ins Dorf reinkommen, musst du auf der Hauptstraße bleiben, ganz am Ende nach einer Kurve steht ein schiefes Häuschen hart an der Straße. Das ist es. Dort wollen wir hin.

Was sagst du mir das? fragt Dührkamp, ich fahr sowieso nur hinter dir her.

Sie gibt keine Antwort, schiebt das Kleid wieder hoch, radelt los.

Roschendorf ist ein Zeilendorf. Fast alle Häuser, Gehöfte, Grundstücke stehen entlang der Straße. Dadurch ist es ziemlich lang. Manche Bauernhöfe, meistens sogenannte Dreiseitenhöfe, sind ziemlich groß, etwas in den Hang hinein gebaut und nur über einen schmalen, steilen Weg zu erreichen.

Im Straßengraben weiden angepflockte Schafe, Hühner trippeln über die Straße. Irgendwo zwischen zwei Höfen eine gefleckte Katze im Gras. Es ist still in Roschendorf um diese Zeit, kein Maschinenlärm, keine Kreissäge, nicht mal Hundegebell.

Zu allem Unglück aber führt die Straße stetig bergan. Das Ende des Dorfes ist noch nicht erreicht, da steigt die Witwe ab. Sie keucht. Eine Haarsträhne klebt ihr an der Stirn.

Ich kann nicht mehr. Komm, wir laufen. Es ist auch besser, wenn ich nicht so abgekämpft und verschwitzt ankomme. Und der Rock kann auch unten bleiben. Der verknittert mir ja vollkommen.

Dührkamp muss sich das Lachen verbeißen. Er weiß, es ist bei ihr nicht die fehlende Kraft, die sie absteigen lässt, es ist die Eitelkeit. Aber egal, auch gut.

Sie schieben die Räder, laufen aber trotzdem nicht nebeneinander, sondern wie die ganze Zeit schon, hintereinander. So kommt kein Gespräch zustande. Wahrscheinlich will die Witwe sich nicht ausfragen lassen. Und sie hat keine Lust lange Erklärungen abzugeben. Du wirst schon sehen, sagt sie kurz angebunden beim Absteigen, als sie sieht dass ihr Begleiter den Mund öffnet und etwas fragen will…

Ein paar Köpfe erscheinen über den Zäunen, an den Fenstern, Dorfbewohner auf der Dorfstraße gibt es nur wenige, ein Pferdegespann, zwei Autos und ein Traktor fahren vorbei. Man grüßt. Das ist so üblich. Die Dorfbewohner sehen: Eine ältere Frau und ein junger Mann schieben ihre Fahrräder. Sie sind nicht von hier. Die Frau hat man schon mal gesehen, vielleicht, den jungen Mann nicht. Zu wem die bloß wollen? Im Oberdorf wohnt doch weiter niemand, keine bedeutenden Leute. Man sieht ihnen nach. Doch mit mäßigem Interesse. Ach, man wird es schon noch erfahren.

Ist es etwa das da? Dührkamp zeigt mit dem ausgestreckten Arm auf ein schiefes, armseliges Häuschen, das hart am Straßenrand steht. Mein Gott, das ist ja eine fürchterliche Bruchbude.

Ja, das ist das Haus. Aber wart es nur ab, wenn du das Innere gesehen hast, wirst du staunen. Komm wir gehen auf die andere Straßenseite…

Es sind nur ein paar Schritte. Um zur Eingangstür zu kommen, muss man das Haus umrunden. Der Eingang ist hinten. Im Rücken ein Steilhang, eingezäunt, den er gehört zu den Flächen des angrenzenden Bauerngehöftes. Manchmal, erinnert sich die Witwe, wagt eine Kuh den Abstieg und steht dann unmittelbar vor die Haustür.

Ob er wohl da ist? Ob er sich verändert hat? Sie haben sich mehr als ein halbes Jahr nicht gesehen. Die Witwe klingelt, das heißt, sie klopft, denn das Häuschen hat keine elektrische Klingel, nur einen altmodischen Türklopfer. Wahrscheinlich ein Stück aus der Sammlung seines Besitzers. Die Schläge dröhnen trocken und hohl.

Plötzlich von drinnen schlurfende Schritte. Er ist da!

Komm, versteck dich nicht! sagt die Witwe zu Dührkamp und zerrt ihn am Arm neben sich vor die Tür.

Die Tür wird geöffnet.

Gegenseitiges Erschrecken. Oh, das ist aber eine Überraschung.

Sicher keine angenehme, sagt die Hildy. Sie macht ein entschlossenes Gesicht und hält den jungen Mann am Ärmel fest. Den hier hab ich mitgebracht! fügt sie schnell hinzu... nicht zur Verteidigung, nein, das wird nicht nötig sein, aber als Zeugen... du hast ihn ja sicher schon gesehen, als du mir über den Zaun geblickt hast... Willst du uns nicht rein lassen? Ich haben mit dir etwas zu besprechen.

Eine einladende Handbewegung, durchaus galant, eine winzige Neigung des weißhaarigen Hauptes.

Sie treten ein, die Witwe und ihr Begleiter. Dührkamp schaut sich mit neugierigen Augen um. Im Wohnzimmer dann, vor den Ölgemälden, staunt er, glaubt vor unermesslichen Werten zu stehen. Die Witwe, die das alles kennt, sieht den jungen Mann überlegen von der Seite an. Siehste! flüstert sie.

Der Kunsthändler fordert seine Gäste zum Sitzen aus. Mit einer unverhohlenen Ironie antwortet er auf den Satz der alten Frau, den sie eben vor der Tür sagte:

Wie ein seriöser Zeuge sieht er nun nicht gerade aus, dein Mitbringsel.

Oh, er ist seriöser als du glaubst und noch viel seriöser als manche selbsternannten Tugendwächter... willst du uns nicht einen Kaffee anbieten?

Bietet man Kaffee an, wenn man überfallen wird?

Mach schon, hab dich nicht so...

Der Kunsthändler steht auf, geht hinaus. Man hört ihn mit dem Geschirr klappern, Wasser rauscht, der Duft nach gemahlenem Kaffee breitet sich aus.

Dass du dich nur nicht provozieren lässt, flüstert die Witwe ihrem Begleiter zu, bleib ruhig und gelassen, egal wie das Gespräch verläuft oder was ich sage. Wenn du die Beherrschung verlierst, haben wir verloren.

Dührkamp nickt.

Die Witwe, immer noch flüsternd: Hast du mich verstanden? Es ist wichtig.

Ja.

Der Hausherr kommt mit einem Tablett, darauf Tassen, Sahnekännchen, Zuckerdose und Kaffeekanne. Indes, eine wirkliche Kaffeekanne ist es nicht, sondern nur der Glasbehälter von der Kaffeemaschine. Auch das Geschirr ist das alltägliche, die Witwe weiß, ihr Verflossener besitzt mehrere wertvolle Services, ein Meißner, ein Hutzschenreuther und ein altes Henneberger Service...

Und so kann sie sich die Bemerkung nicht verkneifen: Alltägliches für alltägliche Gäste! Da ist das Meißner natürlich zu schade... warum? Du gibst doch sonst gerne an.

Der Kunsthändler stellt das Geschirr auf den Tisch, holt einen Untersetzer für die Glaskanne. Er macht ein angespanntes Gesicht, aber er antwortet nicht.

Schau dir einmal, beginnt die Witwe, nachdem der Kaffee eingegossen ist, schau dir diesen jungen Mann an. Sie zeigt mit dem Finger auf ihren Begleiter.

Gehorsam wendet der Kunsthändler Harenburg sein Gesicht dem Dührkamp zu.

Und? fragt er, was soll ich entdecken? Die Freud´sche Physiognomietheorie ist mir nicht mehr so geläufig...

Schau ihn dir nur an. Er heißt Arne Dührkamp, ist Elektromonteur von Beruf, 32 Jahre alt, er wohnt zur Zeit bei mir, ist mein Hausgast, unverheiratet, keine Kinder, hat eine kleine Erbschaft gemacht... hier lächelt sie ein wenig, auch die Mundwinkel des jungen Mannes zucken.

Ich freue mich für dich, liebe Hildy, dass du so junge Burschen noch einzuspannen vermagst. Aber, es ist nichts Ungewöhnliches in dem, was du sagst... eher etwas Alltägliches, Gewöhnliches. Was soll ich entdecken und schlussfolgern?

Das stimmt, mein lieber Benedikt, alles ganz normal... nein, ich will von dir wissen, ob man diesem jungen Mann den Mörder ansieht... was meinst du, könnte er ein Mörder sein?

Was? Ein Mörder? Wie kommst du auf diese These?

Das möchte ich ja von dir wissen, wie du darauf kommst, in diesem jungen Mann einen Mörder zu sehen.

Ich? Ich sollte ihn ihm einen Mörder gesehen haben?

Ja, genau. Und ich fordere dich auf, ihm das jetzt hier ins Gesicht zu sagen. Sag ihm: Sie sind ein Mörder, ich weiß es.

W...W... Wieso? Das ist absurd.

Gewiss, absurd ist es, denn Herr Dührkamp ist alles Mögliche, nur kein Mörder.

Was hat das alles mit mir zu tun? Hildy, du sprichst in Rätseln.

Nein, nein, mein Lieber, in Rätseln spreche ich nicht. Du hast diesen Menschen als Mörder bezeichnet. Das ist eine Tatsache.

Also, von wegen Tatsachen. Es ist die Höhe und eine Frechheit. Solche Unterstellungen. Verleumdungen sind das, dreiste Verleumdungen. Ich soll...

Ja, du sollst nicht nur, du hast... und hier ist der Beweis! Und die Witwe holt die beiden Zettel hervor, die an ihrer Gartenpforte angeheftet waren.

Was ist das? fragt der Kunsthändler. Er ist jetzt nicht mehr blass, sondern zornesrot geworden.

Das sind die Beweise! antwortet die Witwe.

Zeig her!

Sie gibt ihm die Zettel. Aber wehe, ruft sie, wenn du dieses Corpus delikti jetzt verschwinden lässt oder etwa zerreißt. Das nützt dir gar nichts. Ich will es wiederhaben.

136

Der Kunsthändler starrt auf das Papier. Er liest, wird wieder sichtlich blass, lässt die Hand sinken, liest noch einmal... Das bin ich nicht gewesen! sagt er. Nein.

So??? Da bin ich anders unterrichtet.

Sie geht jetzt aufs Ganze. Obwohl sie, wie wir wissen, nichts Stichhaltiges in der Hand hat außer ihrem Verdacht, nur ihre Vermutung dagegen setzen kann, tut sie, ganz wie ein Kripobeamter, als wäre sie im Besitz der Wahrheit. Sie blufft. Aber, sie wird auch unsicher, denn sie kennt ihren Harenburg ziemlich genau. Und an dem Ton wie er *„Das bin ich nicht gewesen. Nein"* gesagt hat, an dieser entschlossenen Stimme, auch an der dazu gehörigen Geste erkennt sie, er ist es wahrscheinlich doch nicht gewesen. Er ist unschuldig. Und sie sieht, an seiner Körperhaltung, an seinem weichen, schlaffen Gesicht - dieser Typ hat kein Format, der wäre zu solcher Tat gar nicht fähig. Da fehle ihm der Mumm.

Aber kann sie das jetzt zugeben, kann sie umkehren und aufgeben? Das kann sie natürlich nicht. Wie stünde sie dann da? Auch vor Ihrem Arne. Und uberhaupt...

Indes die ganze Sache ist, überlegt sie blitzschnell, schließlich eine willkommene Gelegenheit, diesem arroganten Fatzke von einem Kunsthändler ihr Unglück, die gescheiterte Beziehung, seine Anmaßung, seine selbstherrliche Männlichkeit, ihren ganzen Kummer der letzten Monate heimzuzahlen. Und so beschließt sie, weiter so zu tun, als sei sie fest davon überzeugt, er, ihr Verflossener, habe tatsächlich diese verleumderischen Texte an ihre Gartenpforte geheftet. Die Beweise seien stichhaltig. Ebenso wie seine Motive. Er sei der Schuldige, er habe sich an ihr rächen wollen, weil seine Eitelkeit verletzt worden sei, weil sie ihn nicht habe Mann sein lassen, weil sie ihn abgewiesen habe wie einen dummen Jungen.

Ja, der soll noch ein bisschen bluten, sagt sie sich, der Lump... so wolle sie wenigstens auch noch ein bisschen Spaß haben. Ein bisschen Quälen muss sein.

Also sagt die Witwe: Gib es doch zu, Benedikt, gib es einfach zu. Dann werde ich vielleicht von einer Anzeige absehen... schließlich ist ja nichts weiter passiert... und wir kennen uns...

Sie setzt einen entschlossenen, wiewohl lauernden Ausdruck auf, verschränkt die Hände. Wartet.

Und Dührkamp sitzt da wie ein braver Sohn, wie ein Schüler in der Schule, er sagt nichts, rührt sich nicht. Und es ist ihm recht. Warum soll er sich exponieren? Denn ihm ist inzwischen ganz schön unwohl geworden. Er weiß, die Witwe hat nichts in der Hand, sie blufft, warum sie diesen Kerl fertig machen will, weiß er nicht. Nein, dieser Kunsthändler ist ihm nicht sympathisch, ein Klugscheißer, ein Mann, bürgerlich und gehemmt, wahrscheinlich ein Feigling, aber ein bisschen tut er ihm leid. Wie die Witwe auf ihn losgeht, das ist unfair. Aber, was soll er, Arne Dührkamp, machen? Er hat versprochen mitzukommen, also bleibt er ruhig sitzen und wartet. Indes, ihn drängt es von Minute zu Minute mehr, zurückzufahren. Er hat ausgerechnet heute so ein ungutes Gefühl, das Geld allein zu lassen. Wenn sie nun gerade heute kommen? Wenn sie ihn ausfindig gemacht haben, seine alten Freunde? Gut, in der Jauchengrube wird keiner so schnell suchen, aber trotzdem. Er hat in den letzten Tagen, gemeinsam mit der Witwe, den alten Bier- und Apfelkeller, ein gemauertes, tiefes Gelass weit hinter dem Haus, einen alten zusätzlichen Keller wie ihn viele auf ihrem Grundstück hier in den Dörfern haben, ausgebaut, umgebaut zu einer Art Falle. Die Alte hatte die Idee. Wenn sie wirklich einmal kommen, deine Herren Freunde, und sie sehen den Haufen Bruchsteine und Balken, hat sie gesagt, dann werden sie denken: Hier hat das Schwein das Geld vergraben. Und sie werden die Balken beiseite räumen und nicht merken, dass es eine Fallgrube ist – und plumps liegen sie drin. Und die unten aufgestellten Heu- und Mistgabelspieße werden ihnen den Rest geben. Dann werden wir die Steine und die Balken drüber werfen und los sind wir sie, deine Freunde... kein Mensch wird sie jemals finden. Und das Geld ist unser. Ein schönes Ende!

Trotzdem, seine Sorgen sind geblieben. Es ist eine Sicherheit, diese Fallgrube, ja gewiss, aber, die Hildy kennt den

Kalle nicht. Gut, der Uwe, der könnte im wahrsten Sinne des Wortes hereinfallen, aber der Kalle ist gewitzt, der wird gewiss irgendetwas merken…

Mit diesen Gedanken sitzt der Dührkamp im Wohnzimmer des Kunsthändlers und ihm ist unwohl, die Gedanken kreisen, nein lange können sie hier nicht mehr bleiben, und dieser weißhaarige Typ ist ja sowieso unschuldig wie ein Lamm, wer weiß, wer die Zettel geschrieben hat, da wollte sich irgendwer einen Scherz machen, Hunderte Leute gibt es, die daran Spaß haben; nein, es ist fahrlässig das Geld allein zu lassen, so viel Geld, eine Million und Sechshunderttausend.

Dührkamp schielt zur Wohnzimmeruhr, einer klassischen Westminsteruhr mit Nussbaumgehäuse, es ist gleich Sieben. Draußen geht langsam die Sonne unter. Was wollen wir noch hier? Er macht der Witwe ein Zeichen. Doch die reagiert nicht, sie feixt, will ihren Triumph. Weiber! Verdammt. Wenn Weiber ihre Rache wollen, kennen sie nichts anderes, kann sie nichts aufhalten. Furchtbar…

Dem Kunsthändler aber ist der Spruch der Witwe von einer Anzeige wie ein Strahl kaltes Wasser ins Genick gefahren. Er sitzt wie erstarrt, grübelt. Meint sie es etwa doch ernst? Wie soll das gehen? Denn wie soll er etwas zugeben, das er nicht getan hat? Ihre Beweise sind nicht nur dürftig, sie sind im Grunde nichts wert. Er hat diesen Schwachsinn jedenfalls nicht geschrieben. Was will sie von ihm? Es soll ja Leute geben, die sogar über einen vom Zaun gebrochenen Streit wieder alte Freundschaften einfädeln, nach dem Motto: Ach bin ich froh, dass du mir nicht mehr böse bist… Ob er ihr ein Versöhnungsgeschenk machen soll? Er hat da noch eine nette kleine barocke Figurine. Zwölf Zentimeter hoch. Meißner Porzellan. Hundert Prozent echt. Spätes achtzehntes Jahrhundert. Gut, ein paar Hunderter kostet dieses Stück, das wäre dann sein Verlust. Aber vielleicht stellte sie so etwas zufrieden? Und er hätte endlich seine Ruhe… oder, hofft er, es könnte wieder werden wie es einmal war. Dies wäre das Beste.

Die Witwe hat ihn beobachtet, ihren Verflossenen. Sie sieht, er denkt nach, aber natürlich weiß sie nicht, was er denkt... und ihre Vermutungen sind falsch. Der Kunsthändler denkt nämlich nicht daran, irgendetwas zuzugeben. Und er hat sich wieder gefangen, die Androhung der Anzeige stört ihn nicht. Ja, er wird ihr das Geschenk machen, beschließt er... und sie dann hinaus bitten. Das Ganze hat schon viel zu lange gedauert... mal sehen. Ein bisschen ist er auch ein Spieler.

Er steht auf, sagt, er hätte noch eine Überraschung, kommt 3 Minuten später mit der Figurine herein, die er in ein hellblaues Seidentuch gehüllt hat. Er stellt die Überraschung vor der Witwe auf den Tisch, setzt sich wieder, trommelt mit den Fingern auf die Armlehne seines Stuhles. Eine Minute gemeinsamen Schweigens.

Dührkamp denkt: Jetzt wird sie bestochen. Ich wette, sie fällt darauf herein, weil sie, obwohl sie es selber noch gar nicht weiß, will, dass alles wieder so wird wie es einmal gewesen ist; vielleicht bleibt sie gleich über Nacht und ich muss allein zurück nach Mielschdorf. Die Sache war von Anfang an eine Farce... und ich musste als lebendes Argument mitgehen. Ja, ich bin mir sicher, sie wollte sie ihre Beziehung zu diesem Kunsthändler in Wahrheit nur wieder auffrischen. Und die Zettelsache war nur der Vorwand. Vielleicht glaubte sie sogar eine kleine Weile an diesen Vorwand. Aber ich wette, sie hat in ihrem Innern gewusst, dass dieser Kunstheini sowas niemals machen würde... und ich sitze hier. Verdammt. Das Geld ist ohne Aufsicht. Wenn nun der Uwe und der Kalle...

Während Dührkamp solches denkt und auf seinem Stuhl hin und her rutscht, während es ihn drängt, als sei seine Blase kurz vor dem Platzen, frisst in der Witwe eine kleine Neugier.

Was hat er mir da vor die Nase gestellt? denkt sie, was will er damit? Ob es was Wertvolles ist? ihr Arm zuckt zu der verhüllten Figurine hin.

Harenburg, der das gesehen, ermuntert sie: Nun nimm schon den Umhang fort, beste Hildy. Sie steht ja da, damit du sie dir anschauen kannst. Und wenn sie dir gefällt, nimmst du sie einfach mit.

Auf dem Fahrrad? fragt die Witwe.

Ach, ich bringe es dir auch nach Hause... wann du willst.

Nein, nein, ich glaube ich hab unter dem Sattel noch einen Stoffbeutel... abrupt wendet sie sich dem Dührkamp zu: Hast du nicht eine Tasche dabei?

Der junge Mann schüttelt den Kopf.

Na, an einem Behältnis zum Mitnehmen soll es nicht scheitern, lacht der Kunsthändler... schau nur erst einmal unter den Stoff.

Nun ist die Witwe so weit, dass sie sich nicht mehr zieren kann, und sie will sich auch nicht zieren, sie will wissen, was er ihr da hingestellt hat.

Sie zieht den hellblauen Seidenstoff herunter und hervor schimmert eine weißgoldene halbnackte Frauenfigur aus feinstem Porzellan, mit brünetten Locken und Blumen, mit einem Tamburin, auf das sie mit zierlichen, aufwärts gebogenen Fingerchen schlägt und dazu einen Tanzschritt macht...

Ob nun tatsächlich oder nur vorgetäuscht begeistert – die Witwe schlägt die Hände zusammen und stößt einen Jauchzer aus. Das ist ja ganz reizend! Ich danke dir Benedikt. So etwas Schönes. Ist es das, was ich bei dir im Laden schon einmal habe stehen sehen und wo du sagtest, es sei ein Stück aus der Sammlung des Duc de Nevére, aus dem Zeitalter Ludwigs des XIV., Anfang des achtzehnten Jahrhundert?

Genau. Du erinnerst dich gut, Hildy.

Dührkamp verdreht die Augen. Mein Gott, so ein Gesülze. Mensch, wir müssen fort, verehrte Wirtin, flüstert er zu sich. Begreifst du das nicht? Daheim sind eine Million und Sechshunderttausend in Gefahr?

Doch die Witwe hat die Figur in die Hände genommen und dreht sie vor ihren Augen hin und her. Ist die schön. Dass es so etwas gibt? Benedikt, ich... ich weiß nicht, was ich sagen soll.

Der Kunsthändler lächelt zufrieden. Sein Plan scheint aufzugehen. Es sei eben immer wieder Dasselbe, womit man die

Frauen beeindrucken könne. Und im Geiste korrigiert er: Natürlich sei die Figur nur eine Kopie aus der berühmten Sammlung des französischen Herzogs. Etwa achtzig Jahre später hergestellt. Also spätes Achtzehntes und daher beinahe doch noch ein Original. Wenn auch im Preis nur die Hälfte wert. Immerhin Achthundert bis Tausend werde sie wohl kosten. Aber das mache ja nichts. Wer wisse das schon?

Wenn sie dir gefällt, Hildy, dann bin ich schon zufrieden?

Oh, sie gefällt mir sehr.

Dann nimm sie. Ich schenke sie dir... ein Wiedergutmachungsgeschenk.

Wiedergutmachung? Sie schlägt die Augen nieder, tut, als ob sie erstaunt sei, dabei hat sie ein derartiges Geschenk erwartet. Sie wusste, ihr Benedikt würde genau so reagieren... oder sagen wir, wenn schon nicht gewusst, so hat sie es doch erhofft.

Ja, und die andere Sache vergessen wir... einverstanden?

Welche andere Sache?

Ich wusste es! wettert im Geiste der Dührkamp, ich hab es gewusst. So ein Fuchs, diese Kunstheini. Und die Alte nicht minder raffiniert... nun aber heimwärts, Hildy.

Die Witwe fängt einen Blick ihres Begleiters auf. Sie nickt ihm zu.

Ja, sagt sie, aber, so leid es mir tut, lieber Benedikt, wir müssen dann wieder zurück...

Was?? Jetzt schon. Soll ich nicht noch eine Flasche Wein...?

Nein, Benedikt, nein bitte nicht.

Ach, Hildy, nicht doch ein Gläschen zum Abschied? Ich hab da einen ganz ausgezeichneten Heidelbeerlikör...

Na gut, meinetwegen, aber nur einen ganz Kleinen.

Gut, einen Kleinen... und alles andere vergessen wir...

Die Witwe antwortet nicht. Ein bisschen ist es ihr peinlich, so vor dem jungen Mann umzufallen, aber dann sagt sie sich, ach, was geht es den denn an, ist schließlich meine Sache... und die Porzellanfigur ist doch den ganzen Aufwand wert.

Eine halbe Stunde später vor dem Haus. Die Sonne war gerade untergegangen. Es war die Stunde des noch Tages und noch nicht des Abends. Die Sonne verbreitete ein Licht, als ob sie mit einer großen Laterne hinter dem Horizont langsam eine Treppe hinabstiege. Es war ein diffuses rötliches Licht.

Benedikt hatte der Witwe einen kleinen Rucksack mitgegeben. Darin die Figur in weiche Tücher gehüllt.

Stoß nirgends an, falle nicht hin, hatte er sie gemahnt.

Abschied, Händeschütteln. Man sieht sich. Mach es gut.

Der Dührkamp hatte gewartet, bis der Kunsthändler in seinem schiefen Haus verschwunden war, dann hatte er, eher er aufs Rad stieg, der Witwe einen Blick zugeworfen, aber er hatte nichts gesagt, und die Witwe hatte den Blick erwidert, ebenfalls ohne ein Wort. Sie schwiegen sich an und doch wussten Beide, was zu sagen gewesen wäre.

Ich fahr voraus! rief Dührkamp, ich halt es nicht mehr aus, ich muss schnellstens zurück. Wer weiß, was... er beendete den Satz nicht, stieg auf und radelte ohne sich umzublicken davon. Die Witwe wollte ihm nachrufen:

Ich muss langsam fahren! Die Figur im Rucksack!

Aber sie unterließ es. Mit einem Seufzer schob sie ihr Kleid nach oben, kletterte auf den Sattel, stieß sich ab, trat in die Pedale...

Ihr Begleiter Arne Dührkamp war weit voraus. Man sah ihn schon nicht mehr.

Die Witwe lächelte. Mit zwei Zetteln war sie hergefahren, mit einer Porzellanfigur für einen Tausender kam sie zurück. Es war gut, dass sie den Benedikt besucht hatte. Nein, nicht wegen des Geschenks, auch so... Freilich, im Stillen wusste sie, er hätte die Zettel nicht geschrieben, wer weiß, wer das gewesen ist, aber so konnte sie sich unter einem Vorwand umsehen, ob noch Glut unter der Asche wäre – und siehe, es war noch eine Menge Glut vorhanden. Wer weiß, was die Zukunft brächte...

Die Luft war angenehm. Nicht zu kalt, nicht zu warm. Ein leichter Wind wehte. Irgendwo sang eine Amsel. Ganz fern

143

bellte ein Hund. Die Heimfahrt war leichter als die Hinfahrt. Es ging mit leichter Neigung stetig bergab. Mit Freude besah sie die abendliche Landschaft. Ach, was wohnte sie doch in einer wunderbaren Gegend. Nirgends anders möchte sie wohnen. Daheim das viele Geld. Langsam müssten sie sich Gedanken machen, was damit zu geschehen hätte. In den Zeitungen, im Fernsehen redeten sie in letzter Zeit immer öfter von dem kommenden Euro und der Währungsunion. In zwei Jahren wäre es soweit. Bis dahin müsste eine Lösung her. Ja, sie würde einmal ernsthaft mit dem Arne reden müssen. Nicht, dass am Ende alles für die Katz wäre...

Sie hatte den Dorfrand von Mielschdorf erreicht.

Überall schon erleuchtete Fenster. Die Geräusche und Gerüche des abendlichen Dorfes. Die Witwe, sie wusste nicht warum, war vom Rade gestiegen und schob es die letzten Meter.

Als sie ihre Gartenpforte schon sehen konnte, stutzte sie. Irgendetwas war anders. Da war Licht auf dem Hof. Sie besaß drei Gartenleuchten, die hatte sie rund um den Hof aufgestellt und diese leuchteten jetzt. Warum? Was wollte der Arne mit so viel Licht auf dem Hof? Dann, im Näherkommen hörte sie Stimmen. Sollte Besuch gekommen sein? Aber wer? Es waren Männerstimmen. Vorsichtig lehnte sie das Fahrrad an den Zaun, schlich sich den kleinen Weg von der Pforte bis zu ihrem Rhododendron-Busch, von dem aus sie Haus und Hof sehen konnte. Den Rucksack hatte sie an den Fahrradlenker gehängt. Eine innere Stimme hatte ihr gesagt, dass sie den jetzt nicht brauchen könne.

Drei Männer saßen im matten gelben Schein der Lampen vor dem Haus.

Sie sah, die Männer saßen in den korbgeflochtenen Gartenstühlen um ihren runden Tisch. Sie hatten eine Kerze angezündet. Einer der Männer war ihr Arne Dührkamp. Den erkannte sie sofort. Wer waren die anderen? Der eine, Mitte Vierzig, schlank, dunkelblond, das linke Ohr stand ihm beinahe rechtwinklig vom Kopfe ab, der andere kleiner, schwarzhaarig, fast kahl geschoren, mit einem wilden Blick...

Verdammt! fuhr es der Witwe durch den Kopf. Das sind sie! Das sind Uwe und Kalle, Arnes alte Freunde. Oh verflixt!

Aber? Wie sitzt denn mein Dührkamp in seinem Stuhl? So steif und verkrampft. Richtig unnatürlich. Auf einmal sah sie: er hielt die Arme hinter der Lehne verschränkt. Und verdreht waren die Arme. Als ob man ihn mit Gewalt in diese Sitzposition gezwungen hätte. Hatten sie ihn gefesselt? Sie strengte ihre Augen an. Oh, die Brille, verdammt. Aber es ging. Ja sie sah jetzt, ihr Arne war an den Handgelenken gefesselt. Und auch die Fußgelenke waren verschnürt.

Diese Mistkerle!

Die Kerze auf dem Tisch flackerte. Ein leichter Wind war aufgekommen, er hatte so gedreht, dass die Witwe jetzt ganz deutlich hören konnte, was vor ihrem Haus gesprochen wurde.

Eine Stimme sagte: J… j…j… jetzt sag uns e…e…endlich, w…w…wo das Geld i…i…st!

Da derjenige stotterte, wusste die Witwe sofort, das war Uwe. Dührkamp hatte ihn gut beschrieben.

Der Stotterer hatte seine Frage an Dührkamp gerichtet, doch der antwortete nicht.

Willst du es uns nun endlich sagen, Scheißkerl! kam es von dem anderen, Kalle. Oder soll ich dir ein wenig heimleuchten?

Er hatte sich aus seinem Korbstuhl halb erhoben und hielt dem Dührkamp die glühende Zigarettenspitze hin.

Doch der feixte nur. Ich sag euch nichts und wenn ihr mich umbringt. Doch dann erfahrt ihr es erst recht nicht. Tot nütze ich euch nichts… Ihr kriegt die Kohle nicht.

Wo ist denn die Hausbesitzerin? Die wird es uns schon sagen.

Die weiß nichts.

Glaub ich nicht! rief Kalle und zog eine teuflische Fratze. Wo ist sie denn, deine trockene Pflaume mit drei Buchstaben? Wo denn?

Weiß nicht, sagte Dührkamp, vielleicht kommt sie gar nicht.

Was brüllst du so? fuhr ihm Kalle dazwischen, wir sind nicht taub!

145

Dührkamp hatte laut gesprochen, lauter, als man gewöhnlich spricht, wenn man beisammen sitzt um diese Stunde, acht Uhr abends, denn er wusste, die Hildy wird in der Nähe sein. Sie wäre ja sicherlich längst eingetroffen und er musste sie warnen. Wahrscheinlich hielt sie sich hier irgendwo versteckt, hörte dem Gespräch zu, sah alles, wartete...

Und tatsächlich, der Witwe hinter dem Blätterwald des Rhododendrons war es eiskalt den Rücken herunter gelaufen. Sie hatte vorgehabt, nicht so lange zu warten, sie wollte hervortreten und sich zu erkennen geben – das hatte sie gewollt. Einzugreifen in das Geschehen, drängte es sie. Jetzt aber machte sie sich klein, wollte am liebsten eins werden mit den Blättern ringsum. Nein, sie würde mit dem Eingreifen noch warten. So mutig war sie nun auch wieder nicht. Der richtige Moment war noch nicht gekommen...

Am Tisch vor dem Haus war der Kalle aufgesprungen. Sein Gesicht war wutverzerrt.

Willst du uns verarschen? Ich bring dich schon zu Sprechen. Woll´n wir wetten?

Dührkamp lachte ihn aus. Er machte eine Bewegung mit den gefesselten Händen

Denkst du, ich hab Angst vor dir? Hast du wieder deine Pisse getrunken?

Er wusste, dass Kalle aus purer Geilheit manchmal seinen Urin trank und sich dabei einen runterholte. Und er wusste auch, dass es die Mädchen bei dem Kerl nie lange ausgehalten hatten. Das lag an seinen Gewaltphantasien. Die Mädchen mussten sich vor ihm erniedrigen, sich schlagen, perverse Dinge gefallen lassen. Einer hatte er einmal die eigene Scheiße übers Gesicht geschmiert. Als er mal total besoffen war, hatte er dem Arne alles gebeichtet. Sprach man ihn hingegen darauf an oder machte ihn damit lächerlich, schämte er sich, geriet er in ohnmächtige Wut und Raserei.

Ich werd dir gleich mal was zeigen, du Schwein, pass auf. Prompt war er in eine irre Wut geraten. Er trat ganz nahe an den Gefesselten heran, spuckte ihm ins Gesicht, fasste ihm dann ins Haar und zog seinen Kopf mit einem Ruck nach hinten.

Dührkamp kniff die Augen zu, stöhnte auf.

Uwe meldete sich: Ü...ü...übertreib e...e...es nicht. Nicht, dass er hinüber ist, e...e... ehe wir erfahren haben, w... w... wo die Kohle ist.

Keine Angst, er soll nur spüren, wie es sich anfühlt, mir den Gehorsam zu verweigern.

Dührkamp sagte: Ich wusste schon immer, dass du der letzte Dreck bist. Eher verreck ich als dir irgendetwas zu sagen...

Kannst du haben, presste Kalle zwischen den Zähnen hervor. Er nahm die Zigarette aus dem Mund und drückte die glühende Spitze dem Dührkamp auf den Unterarm.

Der atmete schnell, schnappte nach Luft, biss sich dann, als er den Schmerz spürte, auf die Lippen, kniff die Augen zu.

Noch eine gefällig? fragte Kalle.

L... l... lass e...erst m... m... mal, gut sein, Kalle. Ich frag ihn. Uwe war aufgestanden, vor den Gefesselten hingetreten, hatte sich zu ihm herabgebeugt. Komm, Arne, sagte er, er stotterte jetzt plötzlich nicht mehr, es hat doch keinen Zweck. Sag uns, wo du die Kohle hast. Dann teilen wir brüderlich. Wir wollen ja gar nicht alles. Nur unseren Anteil.

Doch Dührkamp schüttelte den Kopf. Er betrachtete seinen geschundenen Unterarm, spitzte den Mund, blies auf die Wunde.

Siehste, sagte Kalle zu seinem Kumpel Uwe, deine Humanität nützt hier nichts. Ich werd ihm den Vorgeschmack auf die zweite Runde geben

Er hatte sich wieder gesetzt und aus seiner Hosentasche ein Klappmesser hervor geholt. Er spielte damit auf der Tischplatte herum, rief dem Dührkamp zu:

Hier, mein Lieber, damit schneid ich dir ein Dreieck aus dem Ohr.

Er ließ es aufschnappen. Drohend ragte eine etwa 15-Zentimeter lange, silberne Klinge empor. Dührkamp zuckte zusammen, sagte aber nichts.

Die ist scharf wie eine Rasierklinge! Hab damit schon mal einen Hasen ausgenommen. Ha, ha, ha – bist ja ganz grün im Gesicht.

Die Witwe in ihrem Versteck zitterte am ganzen Leib. Sollte sie sich zu erkennen geben und damit das gleiche Schicksal wie Arne Dührkamü erleiden? Gegen die beiden Ganoven konnte sie nicht aufkommen. Da hatte sie keine Chance. Trotzdem, sie wusste, sie würde es tun, sie musste dem armen Jungen zu Hilfe kommen. Wütend ballte sie ihre Fäuste.

Plötzlich hörte sie hinter sich Schritte. Die leichten Schritte einer jüngeren Person. Instinktiv wendete sie sich um und legte den Finger vor den Mund. Pssst.

Ich bin es nur! sagte leise lachend die kleine Anni, die Nichte des Bäuerleins Willi.

Wo kommst *du* denn her? Sei bloß still, sonst... versteck dich hier. Bei mir ist ein Überfall im Gange.

Was? Ein Überfall? Und sie spähte neben der Witwe durch die Zweige des Rhododendrons. Tatsächlich. Und den Dührkamp haben sie schon am Arsch. Sieht ziemlich jämmerlich aus, der Gute.

Wie redest du denn? Gleich werden sie ihm ein Stück Ohr abschneiden.

Das sind wohl seine alten Freunde? Die wollen von ihm ihre Kohle.

Wahrscheinlich...

Der Kleine sieht ziemlich wüst aus.

Ja, der ist ein Lump und ein Folterknecht. Ich weiß nicht, wie lange der Arne das noch durchhält?

Wie lange hocken denn Sie schon hier?

Ich weiß nicht. Zehn Minuten, eine Viertelstunde vielleicht. Wir waren in Roschendorf. Arne ist eher los und schnell gefahren. Den haben sie gleich in Empfang genommen. Ich kam später und sah, dass hier was nicht stimmt, hab mich hierher gehockt. Wir müssen was tun!

Soll ich die Polizei holen?

Nein, um Gotteswillen, sagte die Witwe schnell, bloß keine Polizei.

Ja, ja ich weiß, der gute Arne... Gut, dann müssen wir selber was tun.

Und was?

Warten Sie nur ab. Keine Angst, mir wird schon was einfallen. Außerdem, ich weiß ja von nichts, bin ja nicht beteiligt. Mir können die nix.

Na, meine Kleine, ich weiß nicht. Ist das nicht ein bisschen blauäugig und leichtsinnig?

Ach nein, liebe Frau Heinz. Ich bin nicht ängstlich. Solche Typen knicken vor einer forsch auftretenden Frau gewöhnlich ein. Da bin ich mir sicher. Die sind nur stark, wenn sie einen Schwachen vor sich haben... und ihr Arne, Pardon, der scheint ziemlich schwach zu sein.

Nein, nein, der ist nicht schwach, die haben den nur total überrascht. Obwohl er mit ihnen die ganze Zeit rechnete, hat ihr plötzliches Auftreten ihn quasi entwaffnet, so wie ein Löwe vor einem Rudel Hyänen davonläuft...

Und seine Beute im Stich lässt?

Die Witwe schüttelte den Kopf. Solche Vorstellung mochte sie nicht. Sie war nicht so recht einverstanden, aber das entscheidende dagegen fiel ihr nicht ein. Es entstand eine Pause. Die beiden so ungleichen Frauen hinter dem Rhododendron warteten, dachten nach und sie schwiegen.

Inzwischen war der kleinwüchsige Kalle aufgestanden und, indem er das Messer wie ein Scherenschleifer hin und her schwenkte, auf den Gefesselten zugegangen.

Na? Wie wird dir jetzt, Freundchen?

Er griff dem Dührkamp ans Ohr, zog es lang, setzte das Messer an. Aber er wartete noch, schnitt nicht, sagte stattdessen: Mach´s Maul auf, du Scheißkerl, sonst... oder willst du, er unterbrach sein Vorhaben, senkte das Messer, willst du vorher noch einmal beten? Früher bist du doch fromm gewesen. Ich weiß das. Hast ja sogar - erinnerst du dich? – die Kommunion erhalten, warst beichten als eifriger Katholik. Beherrschst du die frommen Sprüche noch? Na dann los: Bete! Laut und deutlich. Wir wollen auch etwas davon haben.

Dührkamp tat ihm nicht den Gefallen. Er blieb stumm sitzen. Wartete. Er wartete auf seine Befreiung. Denn er wusste, die Alte war in der Nähe und sie würde alles tun, damit er diesen Kerlen entkommt. Er wusste das, er glaubte daran und das hielt ihn aufrecht. Gewiss, früher als Kind und Jugendlicher war er, von den Eltern so erzogen, katholischer Christ gewesen. Doch das war lange her. Irgendwann hatte er den Kumpels davon erzählt. Irgendwo in einer Kneipe. Hatte vielleicht ein bisschen angeben wollen. Geschichten aus seiner Ministrantenzeit. Inzwischen war er aus der Kirche ausgetreten. Eine Freundin hatte ihn dazu animiert. Die war links, hatte ihn ausgelacht, als sie erfahren hatte, dass er Kirchgänger wäre. Das passe nicht in die Zeit. Ein erwachsener Mann könne doch wohl nicht an diesen Mummenschanz glauben. Klapperstorch und Weihnachtsmann gehörten auch dazu. Doch, wiewohl aus der Kirche ausgetreten, gab es für Arne Dührkamp Momente, wo er die Hände gefaltet und zum lieben Gott gebetet hatte. Man könne nicht ohne solches Rückzugsgebiet leben, hatte er sich eingeredet. Jeder brauche eine Art Hoffnung. War es im Grunde auch lächerlich, so hatte es ihm immer Ruhe und Zuversicht gegeben. So auch jetzt.

Und insofern hatte dieser Lump Kalle recht: Er betete still, machte sich Mut. „Lieber Gott hilf mir…"

Und plötzlich, man glaubt es kaum, und wir wissen natürlich, es kann nicht mit dem Gebet zusammenhängen, wiewohl Arne Dührkamp für einen Moment daran dachte, allein sein Stoßgebet habe es bewirkt: In diesem Moment hört man nämlich von der Seite des Hofes, die der Gartenpforte zugeht, Schritte und ein paar Worte, laute Stimmen. Frauenstimmen. Und es treten zwei Frauen entschlossen hinter dem Rhododendron hervor. Eine junge und eine alte. Es sind dies die sechzigjährige Witwe Hildy und die zwanzigjährige Kunststudentin Anni.

Die Studentin, zierlich und schlank, blond, hat ihre Haare zu einem sogenannten Franzosenzopf gebunden, ganz klar, sie ist ein Typ, nach dem sich die Männer umdrehen, sie geht sofort auf den Tisch mit den drei Kerlen zu, sagt:

Ach wie schön, da haben wir ja das Trio infernale. Alle drei konzentriert in ihrer ganzen Schönheit. Toll. Und was macht ihr hier? Brigadeausflug? Gesellschaftsspiel – einer muss gefesselt werden. Sie schaut auf den Gefesselten, geht um ihn herum, zupft an seinen Handfesseln, lächelt.

Sie stellt sich neben den Tisch, schaut zuerst den Uwe, dann den Kalle an und sagt:

Der hier, das ist der Uwe Scharschmidt. Geboren am 10. März 53 in Dresden-Laubegast. Seine Mutter, Jahrgang 36, hat technische Zeichnerin gelernt und war dann, bis sie in Rente ging, Sekretärin bei der Bezirksleitung der Einheitspartei. Es heißt, Uwes Vater sei unbekannt, aber sie hat wahrscheinlich in der Bezirksleitung kennen gelernt. Und dort ist auch sein Vater zu suchen. Sie war also alleinerziehend, konnte sich wegen ihrer Tätigkeit nicht immer um das Kind kümmern. So ist sich der Uwe viel allein überlassen worden. Er absolvierte die 1o Klassen Polytechnische Oberschule und schloss mit dem Gesamtprädikat „befriedigend" ab. Danach begann seine Lehre als Zerspanungsfacharbeiter um Transformatoren- und Röntgenwerk. Auch hier schloss er mit der Note „3" ab, obwohl man ihm Lustlosigkeit und Unzuverlässigkeit bescheinigte. Uwe Scharschmidt war seit der Schule mit Arne Dührkamp bekannt. Sie gingen in eine Klasse. Er ordnete sich ihm bedingungslos unter. Zwei Mal war die Fortsetzung seiner Lehre im Röntgenwerk gefährdet, weil er, gemeinsam mit Dührkamp, in Jugendstraftaten verwickelt war. Es ging um Diebstähle und das Aufbrechen von Autos. Sie kamen mit Verwarnungen und einem Strafmandat davon. Nach der Lehre, Scharschmidt wurde wegen Disziplinlosigkeiten nicht von seinem Lehrbetrieb übernommen und wurde als Aushilfsfräser im Reichsbahnausbesserungswerk beschäftigt, nach der Lehre wurden seine Straftaten intensiver. Immer wieder gab es Anlass für Ermittlungen, meist auch im Zusammenhang mit Dührkamp und Karl-Georg Schwill. Da aber die Straftaten meist geringfügig waren, zog Scharschmidt nur für wenige Monate in den Knast. Erst der Überfall auf den Geldtransporter am 23. August 1991 in Dresden, den er gemeinsam mit Dührkamp und Schwill begangen hatte, brachte ihn für länger, für 6 Jahre und 4 Monate, hinter Gitter. Die Strafe fiel milde aus, weil Scharschmidt nachweislich nicht als Anführer agierte und keine Opfer zu beklagen waren. Allerdings wurde das geraubte Geld bis heute nicht gefunden. Seit dem 17. dieses Monats sind er und Karl-Georg Schwill, genannt Kalle, wieder auf freiem Fuß...

Und da wären wir gleich beim zweiten Täter – dem da! Karl-Georg Schwill! Kalle!

Die blonde Anni zeigt auf Kalle. Der zuckt zusammen. Macht einen krummen Rücken. Schielt böse zu dem Mädchen... Er ist 2 Jahre jünger als sein Kumpan, fährt Anni fort, geboren am 21. September 55 in Riesa. Seine Eltern sind Ende der Fünfziger über die grüne Grenze in den Westen abgehauen. Wo sie heute leben ist unbekannt. Sie haben sich um ihren Sohn nicht mehr gekümmert. Karl-Georg wuchs bei den Großeltern auf. Sie verhätschelten den Jungen, ließen ihm alles durchgehen. Sie wohnten in einer Gartensparte, in einer festen Laube mit viel Anbau. Hielten auch Kleintiere, Kaninchen, Hühner, Enten, Tauben. Schon im Alter von zehn oder zwölf Jahren fiel auf, dass der kleine Karl-Georg, eine besondere sadistische Ader hatte. Er schlachtete Kaninchen, quälte sie, köpfte Hühner, beging in der Gartenkolonie kleinere Diebstähle. Die Großeltern waren mit dem Jungen überfordert. Er kam nach Dresden in ein Kinder- und Jugendheim. Bald danach, das war ein neues Projekt, zu Pflegeeltern. Schließlich lernte er, zuerst den Uwe Scharschmidt, und dann den Arne Dührkamp kennen. Sie schlossen sich zu einer Jugendbande zusammen. Dührkamp war der Anführer. Ihr erster größerer Coup war der Diebstahl in einem Tabakladen. Dazu hatten sie sich eine ziemlich raffinierte Methode ausgedacht. Es war eine Art Arbeitsteilung. Der erste lenkt das Opfer ab, der zweite klaut, der dritte verschwindet mit der Beute. Dieses Prinzip haben sie im Wesentlichen bei allen weiteren Raubzügen beibehalten. Auch bei dem erwähnten

Überfall auf den Geldtransporter. Ein Vorteil für Dührkamp, wie sich zeigen sollte...

Indes sie mussten den Schwill, genannt Kalle, im Zaum halten. Er wird schnell brutal, hat keine Hemmungen Menschen zu verletzen oder auch zu töten. Das ist bis heute so geblieben – wir sehen es ja gerade wieder...

Nun, und schließlich der hier!

Anni zeigt auf Dührkamp: Das ist der Kopf der Bande – Arne Traugott Dührkamp, wie er vollständig heißt. Ja, man kann darüber lachen, aber er heißt tatsächlich so, wahrscheinlich eine Verneigung seiner Eltern vor dem Großvater des Vaters. Der hieß nämlich Heinrich Traugott Dührkamp, stammte aus dem nördlichen Hessen und ist katholischer Priester in der Diözöse Limburg gewesen, zuletzt im Range eines Prälaten. Wieso er Kinder gehabt hat, ist nicht mehr nachzuprüfen. Aber er ist tatsächlich und wahrhaftig der leibliche Urgroßvater unseres Arne. Das ist beurkundet. Dührkamp stammt aus gutbürgerlichem Hause. Sein Vater war Vermessungsingenieur, seine Mutter Buchhändlerin. Alle beide streng katholisch. Eine religiöse Minderheit hier in Sachsen. Der kleine Arne wurde katholisch erzogen, mit zehn Jahren wurde er Messdiener. Aber er hatte immer auch eine romantisch abenteuerliche Ader und war ein verlogener Junge, der seine Eltern, wo er konnte betrog und hinterging. Nicht nur, um sich Geld zu ergaunern. Wenn er nicht ein wenig flunkern konnte, fühlte er sich nicht wohl. Auf der Grundschule lernte er den Uwe Scharschmidt kennen, der ihn sofort als seinen Führer anerkannte. Gemeinsam verübten sie Streiche und kleine Diebereien und Anschläge. Dann kam Arne auf die Erweitere Oberschule, lernte Griechisch und Latein, wollte eine Zeitlang sogar Kunstgeschichte oder Archäologie studieren, aber er war zu faul. Seine Noten waren schlecht, er bekam keine Studienempfehlung der Schule. Seine Enttäuschung darüber schlug in kalte Wut um. Zu Hause gab es Ärger. Er riss von zu Hause aus, ließ sich tagelang nicht sehen. Er wollte es der Gesellschaft, die ihn nicht zu Höherem zuließ, schon zeigen. Die Zeit seiner

Rumtreiberei und der Jugendbande begann. Damals auch schon mit Scharschmidt und Schwill. Das erste Mal wurde Dührkamp mit knapp Achtzehn juristisch auffällig. Er hatte ein Motorrad gestohlen. Dann kam die Sache mit dem Tabak-händler in Dresden-Laubegast, wo zum ersten Mal seine Kumpels Uwe und Kalle dabei waren. Auch hier kam er glimpflich davon. Aber der Erfolg machte ihn tollkühn. Die Drei wurden eine richtige Gang, wie es im Englischen heißt. Er war der Anführer, der Kopf der Bande. Auch den Überfall auf den Geldtransporter hatte er geplant. Aber, was seine Kumpane nicht wussten, er hatte auch geplant, dass sie leer ausgingen. Aber seine Planung war unvollständig, er hatte außeracht gelassen, dass die Beiden wieder frei kämen und dann ihren Anteil einfordern würden. Freilich, er dachte, er wäre dann über alle Berge. Aber dem war nicht so. Nun hatten sie ihn aufgespürt und das Dilemma nahm seinen Lauf...

So ungefähr, sagt die blonde Anni, die drei Kurzbiografien der Helden. Ich habe sie etwas frei nacherzählt. In den Akten steht es trockener und sachlicher.

In den Akten??

Die Drei – selbst der Arne Dührkamp – starren das Mädchen an wie ein Gespenst. Es hat ihnen die Sprache verschlagen.

Karl-Georg findet als erster die Sprache wieder. Wer bist *du* denn?

Eine, die vor euch Scheißern keine Angst hat.

Und woher weißt du das alles?

Ich sagte es, ich habe eure Akten gelesen.

Was?? Akten gelesen?? Bist du bei den Bullen?

Oder bei der Staatsanwaltschaft?

Nein. Ich kenne nur ein paar Leute. Die haben mich mal lesen lassen.

Warum??

Euer Fall interessiert mich. Besonders die Geldtransporter-sache. Fragt mal euern Boss, den Dührkamp, der weiß, dass ich viel weiß und dass mich das schon lange interessiert...

Kleine Pause. Das muss erst verkraftet werden. Man sieht wie es in den Köpfen von Uwe, Arne und Kalle arbeitet. Ab und zu schüttelt einer den Kopf. Nein, so was...

Plötzlich zeigt Uwe auf die Witwe, fragt: I... i... ist das d... d... die Olle, bei der du untergekrochen bist, Dührkamp?

Hildy, die sich nicht in den Vordergrund gedrängelt hat, sondern bescheiden, wie ein wenig verängstigt, etwas abseits steht, strafft sich. Sie streicht ihr Kleid glatt.

Schließlich fasst sie Mut, tritt vor und sagt mit fester Stim-me:

Ja, stellt euch mal vor, ich bin die Besitzerin des Grundstü-ckes, auf das ihr unerlaubt vorgedrungen seid...

Sie macht noch ein paar Schritte und steht jetzt dicht vor dem Tisch. Ja, sie legt sogar die Fingerspitzen auf die Tischplatte, wischt ein wenig hin und her. Das ist ihr Eigen-tum. Da hat ohne ihre Erlaubnis niemand dran zu sitzen, soll das heißen.

„Unerlaubt vorgedrungen sind", ha, ha, ha, meckert der Kalle, unerlaubt vorgedrungen – hör dir einer diesen Blödsinn an. Wie das klingt.

Ja, alte Lady, wir waren so frei – wir sind hierher vorged-rungen, ha, ha, ha...

Nun, da wir uns alle vorgestellt haben, unterbricht die blonde Anni den Lachanfall des Ganoven, können wir ja zur Sache kommen... zuerst aber macht ihr den da los. Sie zeigt auf den Dührkamp.

Ich denk, ich spinne. Wer gibt hier die Befehle? Du etwa, du Fotze? brüllt der kleinwüchsige Kalle. Er springt wütend er auf, das Messer in der Hand.

Mach den Kopf zu, krummbeiniger Affe! und mit einem geschickten Fußtritt in Karate-Manier gegen die Faust des Kleinen, wird ihm das Messer aus der Hand geschleudert. Es landet ein paar Meter weiter in der Blumenrabatte.

Kalle beeindruckt, reibt sich die Hand. Aua, verdammt, blöde Kuh.

Du sollst dem Dührkamp die Fesseln lösen! wiederholt die kleine Blonde mit Nachdruck. Ich sag das nicht noch mal... sie sieht kampfeslustig aus, die blonde Anni wie sie das sagt: so mit blitzenden Augen, dem entschlossenen Mund und einer leichten Zornesröte, die man aber wegen des trüben, gelben Lichtes mehr ahnen als erkennen kann,

Ich mach ja gleich.

Man glaubt es kaum, Karl-Georg, genannt Kalle, der rücksichtslose, harte Kerl, geht tatsächlich zu dem Gefesselten und befreit ihn von den Kabelbindern, mit denen man ihn gebunden hat. Dührkamp reibt sich die Handgelenke. Er nickt dem Mädchen zu.

Danke!

Da meldet sich Uwe, der Stotterer- und seltsam, er stottert auf einmal nicht mehr – er sagt zu seinem Kumpan:

Und nun? Warum lässt du den frei? Was wird jetzt? Sollen wir wieder abziehen?

Nein. Wart´s nur ab, antwortet Kalle. Ist ab jetzt sowieso egal, ob hier einer gefesselt ist oder nicht... er bückt sich, greift in seine abgeschabte Umhängetasche, die er über die Lehne seines Gartenstuhls gehängt hat. Komisch, er tut das mit betonter Langsamkeit...

Plötzlich aber ist eine Pistole auf den überraschten Dührkamp gerichtet. Kalle hält sie in der Hand.

Na? Wie gefällt euch das? Nicht, dass ihr Luschen denkt, ich bluffe, sagt er mit einem hämisch überlegenen Grinsen. Das ist keine Gaspistole, sondern eine scharfe Waffe, eine 7,65 ´iger Walter, geladen mit 8 Schuss. In der Tasche, er klopft auf seine Umhängetasche, sind noch drei Mal so viel. Und ich schieße jeden nieder, der ab jetzt nicht tut, was ich ihm sage. Ich dachte, ich käme ohne das Schießeisen aus, aber dem ist scheinbar nicht so. Also los.

Alle sind zusammen gezuckt. Auch die forsche Anni. Die Witwe überlegt, ob sie flüchten soll. Aber, sie unterlässt es. Sie hat eine Idee.

Ihr wollt doch wissen, wo das Geld ist? fragt sie. Dührkamp und Anni schauen sie ungläubig an. Was ist mit der Alten los? Hat sie den Verstand verloren?

Allerdings! ruft Kalle und richtet die Waffe jetzt auf die Witwe, und du tust gut daran, mir das sofort zu sagen, alte Schlampe.

Die Witwe antwortet: Vor allem brüll hier nicht so rum. In der Nacht kann es das ganze Dorf hören. Wollt ihr das?

Schweigen. Die beiden Eindringlinge denken nach. Sie schauen sich an.

Das Stimmungsbild eines nächtlichen Dorfes: Irgendwo bellte ein Hund. Der Nachtwind trieb einen Geruch von Kuhstall und Silage vorbei. Eine Böe setzte ein, verstärkte den Wind, Äste knarrten, Laub raschelte.

Also gut, sagte Kalle und bemühte sich leiser zu sprechen, du sagst uns jetzt, wo die Kohle ist. Wir holen das Geld, teilen es brüderlich – hier lächelte er ein wenig – und dann verschwinden wir wieder. Dass ihr euer Maul haltet, versteht sich von selbst. Im eigenen Interesse. Alles klar?

Moment mal, meldete sich Dührkamp, so geht das aber nicht, Hildy.

Ach Hildy, heißt sie? echote Kalle, ein toller Name. Er lachte leise.

Doch, so geht das! antwortete die Witwe, und machte dem jungen Mann ein Zeichen, sie warf ihm einen schnellen Blick zu.

Trotz des Halbdunkels hatte er diesen Blick aufgefangen. Endlich schien er zu verstehen. Er nickte. Ach so, klar, brummte er und er dachte an den präparierten Obstkeller…

Siehst du? rief der Uwe. Er hatte diese Zeichen- und Zwiesprache zwar gesehen, aber er wusste nicht, was sie bedeutete. Siehst du, deine Olle hat mehr Verstand als Du. Hör auf sie! Die weiß, was euch blüht, wenn ihr die Kohle nicht rausrückt. Und, glaub mir, wir wollen nur ungern Gewalt anwenden.

Das stimmt! ergänzte Kalle, nur äußerst ungern wenden wir Gewalt an. Aber, wenn es sein muss... Er feixte und betrachtete den Lauf seiner Pistole.

Plötzlich sprang er auf, fuchtelt mit der Pistole herum, rief dem Uwe zu: Komm, nimm die Kabelbinder, schnüre die Alte und den Dührkamp zu einem Doppelpaket zusammen. Los, schnell. Ob sie dabei sitzen, liegen oder stehen, ist egal. Und schnür die Binder straff, es soll ins Fleisch schneiden... und, da die Witwe wegrennen wollte, brüllte er: Du bleibst da! Sprach aber gleich etwas leiser weiter: Lass sie sich hinsetzen, Knie anhocken, ja... so... gut. Aus den Augenwinkeln sah er wie die Anni einen Knüppel in die Hand nahm. Was willst du damit? Los fallenlassen. Sonst binde ich dich persönlich...

Die Studentin gab den Widerstand auf. Auf einmal lachte sie:

Was bist du nur für ein Idiot. Wie willst du das Geld finden? Ich weiß nicht, wo es ist.

Das lass nur meine Sorge sein, kleines Fräulein. Ich werde der Alten ein bisschen Feuer unterm Arsch machen. Da fängt sie an zu singen. Wetten?

Das Mädchen legte den Knüppel weg, blieb aber angespannt, jederzeit wieder einzugreifen. Mit einem Auge hielt sie die Pistole im Auge, mit de anderen suchte sie nach irgendeinem Gegenstand, den sie als Waffe einsetzen könnte.

Kalle hatte sich der Witwe bis auf wenige Zentimeter genähert, in der rechten Hand die Pistole, in der linken einen Strohwisch, den er mit einem Lappen umwickelt und mit seinem Feuerzeug angezündet hatte.

Los Uwe, rief er seinem Kumpan zu, hol du mal einen Eimer voll Wasser, damit wir löschen können, ha, ha, ha... halt! Nein, warte! Er unterbrach sich: ich hab eine bessere Idee. Die müssen doch hier irgendwo eine Jauchegrube haben. Schau mal hinters Haus. Füll zwei Eimer mit Jauche und komm schnell wieder her. Da machen wir der guten Alten einen Schwedentrunk, wenn es ihr durch das Feuer zu heiß wird. Na los, schnell, hurtig... ich brenn der Alten inzwischen den Arsch an. Keine Angst, die wird singen wie eine Nachtigall... ha, ha, ha. Er beugte sich mit seinem brennenden Strohwisch zu der am Boden sitzenden, gefesselten Frau, hielt ihr das Feuer wie eine Fackel an die Rückfront. Aber er brannte sie noch nicht an, hielt den Strohwisch noch ein paar Zentimeter ab von ihrem Hintern, wartete auf Uwe und die Jaucheeimer.

Die Witwe machte ein ängstliches und entsetztes Gesicht. Sie verhielt sich still. Wir wissen nicht, was sie mehr fürchtete: Dass er sie versengen könnte oder dass der Andere, hinten bei der Jauchegrube, die Plastikbehälter mit dem Geld entdeckte. Sie sah wie Arne, mit dem man sie sozusagen Face to Face, das heißt ihre Hände waren mit den seinen fest verzurrt, gebunden hatte, sie sah wie er zitterte. Sie saßen sich gegenüber. Freilich, ein Fehler, Gefangene bindet man nicht so, dass sie sich ansehen können. Die Kerle taten zwar so, waren aber alles andere als richtige Profis. Dührkamp zitterte wie ein junger Hund oder wie nass gewordenes Kalb. Und sie hörte wie er wimmerte. Mein Gott, wenn die jetzt... Sie flüsterte: Hör auf! Das wollen die doch bloß.

Plötzlich hinter dem Haus Schritte. Uwe kam zurück. Die Witwe fühlte wie ihr alles Blut aus dem Gesicht wich. Gleich würde sie ohnmächtig. Sie erwartete, dass Uwe mit freude-strahlendem Gesicht erscheinen und ausrufen würde: Leute, ich hab die Kohle!

Doch nichts dergleichen geschah. Der Uwe bog, mit zwei 10 Liter-Eimern beladen, um die Hausecke. Er stellte seine Last ab, schnaufte: Oh, wie das stinkt. Natürlich hatte der Trottel nichts entdeckt, ihm war nichts aufgefallen. Vielleicht war es einfach auch zu dunkel gewesen oder sein Widerwille wegen des Gestanks hatte ihn nichts anderes denken lassen als „Nichts wie weg!" Und das war die Wahrheit, denn Uwe hatte sich sein Taschentuch vors Gesicht gebunden, hatte mit dem neben der Grube liegenden Schöpfer die Eimer gefüllt und er hatte sich ängstlich gemüht, keinen Spritzer an seine Kleidung zu bekommen. So ein erbärmlicher Gestank!

Alles klar! sagte Kalle jetzt, dann können wir ja anfangen. Er schwenkte seine Fackel, freute sich, dass sich die beiden

Gefesselten vor dem Feuer wegbogen und ängstliche Gesichter zeigten, er wollte es so dramatisch und spannend machen wie möglich. Menschen haben seit Urzeiten panische Angst vor dem Feuer. Das werde ihm helfen, sein Ziel zu erreichen. Die Alte werde, wenn ihr die Haut brenne, schon verraten, wo das Geld versteckt ist. Den Dührkamp aber, das hatte er von Anfang an beschlossen, da werde er sich nicht erweichen lassen, den werde er einfach abknallen wie einen Hund, diesen Verräter und Betrüger. Hatte das Auto manipuliert, das Schwein, damit sie nach dem Überfall von den Bullen gefangen würden. Der wollte die ganze Kohle nur für sich. Oh, dieser Verrecker. Der verdiene nichts anderes. Der verdiene den Tod! Wenn sie vom Hof gingen, werde er ihm die Kugel geben. Basta!

Anni hatte mit blitzenden und aufmerksamen Augen alles beobachtet. Ihr war die enorme Anspannung der beiden Gefesselten nicht entgangen. Ebenso wie ihr das Flüstern und die große Erleichterung, als der Ganove tatsächlich nur mit zwei Jaucheeimern zurückkam, aufgefallen war. Da müsse es einen Zusammenhang geben, dachte sie und sie schlussfolgerte, dass dort hinterm Haus irgendwo das Geld versteckt sein müsse.

Die Witwe indes spürte wie es in ihrem Rücken heiß wurde. Es roch schon nach verbranntem Stoff. Aber sie wollte keine Schwäche zeigen. Sie biss die Lippen zusammen. Verzweifelt überlegte sie, wie sie es anstellen könne, dass die Kerle hinters Haus liefen und geradewegs in die Falle, in den präparierten Obstkeller, gingen. Wie sollte sie es anfangen? Wie, verflixt? Es wäre allerhöchste Zeit. Sie schaute dem Dührkamp in die Augen und sie sah, der dachte dasselbe.

Auf einmal bewegte Dührkamp die Lippen. Er sprach leise, doch so, dass es von allen gehört werden konnte. Dazu rollte er die Augen. Die Witwe ahnte, dem Arne war etwas eingefallen.

Ich wusste, sagte der, dass deine Idee mit dem Versteck nicht aufgeht…

Was soll das heißen? antwortete die Witwe, der Apfelkeller ist der sicherste Ort auf der Welt... sie lächelte

Was quatscht ihr da? Kalle hatte den brennenden Strohwisch beiseite getan, den Kopf der Witwe ergriffen und zur Seite gebogen.

Ach nichts.

Von einem Apfelkeller?

Apfelkeller? Das müssen Sie träumen?

Aber ich hab es doch ganz deutlich gehört. Uwe! Hast du das auch gehört?

Ich, wieso?

Oh, du Volltrottel. Die quatschen hier von einem Apfelkeller. Hast du hinten was gesehen? Und Kalle zeigte zur Hausecke.

Es war zu dunkel.

Ob du irgendwas gesehen hast?

Nun, da war eine Art Steinhaufen, daneben sowas wie ein gemauerter Eingang. So wie die Bauern ihre Bierkeller bauen.

Und das sagst du erst jetzt?

Mensch, es war dunkel. Richtig hab ich das nicht gesehen. Was soll da schon groß sein?

Das Geld! Verstehst du? Die haben das Geld dort versteckt. Haben sich gerade verplappert, die Alte und der Dührkamp. Haben geflüstert, aber ich hab trotzdem alles verstanden.

In seinem Eifer, vielleicht auch wegen der Dunkelheit, sah Kalle nicht wie die Augen seiner beiden Gefangenen aufleuchteten, wie sie sich zu freuen schienen. Sie nickten sich zu. Die Witwe warf dem Arne einen dankbaren Blick zu. Das war eine gute Idee. Die werden in die Falle gehen.

Kalle zu Uwe: Los komm, wir schauen mal nach.

Nimm die Fackel mit.

Scheiße, die ist ausgegangen.

Ach, es geht auch so?

Wo ist es?

Hinter dem Haus, vielleicht zwanzig Meter. Ein Steinhaufen und ein gemauerter Eingang. Man sieht es auch ohne Licht. Die Steine sind hell.

Gut, dann komm.

Kalle drohte der Anni mit der Pistole. Du bleibst hier. Rühr dich nicht vom Fleck. Pass auf die Beiden auf. Aber wehe, wenn du sie zu befreien versuchst. Wenn du das machst oder mir nachkommst, knall ich dich ab, sofort und ohne Vorwarnung. Wir sind gleich wieder da...

Uwe war inzwischen vorausgegangen.

Eh, warte! Willst du mich ausnaschen? Wir sind gleichberechtigt. Wir gehen zusammen hin.

Doch Scharschmidt dachte nicht daran, zu warten, im Gegenteil, er lief mit großen Schritten. Kalle fluchte, lief ihm schnell nach, holte ihn ein. Es fiel ihm schwer mit seinen kurzen Beinen.

Als sie die Stelle sahen, den Steinhaufen, das Gemauerte, es waren noch acht oder neun Meter, da rannten sie los. Jeder wollte zuerst da sein. Jeder dachte, der andere wolle ihn austricksen, wolle zuerst an der Beute sein, sich den Löwenanteil sichern... ja, sie waren besinnungslos wie die Hyänen vor dem toten Zebra. Nur noch Gier, nur noch Zähnefletschen, nur noch Instinkt, kein Denken. Geld. Geld. Geld.

Anni, als die Beiden hinter der Hausecke verschwunden waren, trat zu der Alten und zu Dührkamp. Sie legte den Zeigefinger an die Lippen.

Psst! Nichts sagen, still bleiben.

Doch diese Warnung war unnötig, denn die Beiden waren sowieso mucksmäuschenstill, sie rührten sich nicht, waren in eine Art Starre verfallen. Sie wollten sich kein Geräusch entgehen lassen, wollten alles hören, was hinter dem Haus geschah. Die Witwe war sich sicher, die Falle funktionierte, es konnte nichts schief gehen.

Man hörte die sich entfernenden Schritte, das Stapfen und Stampfen, man vernahm Kalles Rufe an den anderen, auf ihn zu warten. Dann plötzlich dumpfes Gepolter, wie wenn sich Steine lösen, ein Knirschen und Krachen, berstendes Holz, schließlich zwei entsetzte Schreie, Stöhnen... Stille. Kein Geräusch mehr.

Die Witwe war die erste, die in diese Tonlosigkeit rief:

Geschafft! Endlich.

Ja, die sind wir los.

Na los, Kleine, mach uns los! Komm schon.

Die Witwe war ungeduldig, aber sie wusste, was zu tun war:

Jetzt warten wir noch eine halbe Stunde. Dann gehen wir nach hinten und schütten das Loch zu. Steine drauf, Erde, Ruhe sanft. Fertig. Ein Hünengrab. Menschenskind! Zwei Tote auf meinem Grundstück! Leichen im Apfelkeller.

Ja, wer hätte das gedacht! echote Dührkamp, ob man da was riecht?

Ach nichts, nein, nein, wenn die Steine und die Erde erst einmal einen Meter oder zwei drüber liegen, riecht man nichts mehr. Und nach denen wird auch keiner suchen. Die sind einfach weg. Vom Erdboden verschluckt. Selber schuld, hätten sie sich anders verhalten. Keine Träne weint man solchen Typen nach. Und schließlich ging es ja darum: Die oder wir. Das ist Notwehr gewesen.

Schluss mit dieser Rechtfertigungstour.

Und wo ist nun das Geld? flüsterte Anni, als sie den Beiden die Kabelbinder mit einer Schere aufschnitt.

Das wird nicht verraten.

Die Witwe machte dem Arne ein Zeichen. Er nickte und sagte: Das bleibt vorläufig unser Geheimnis.

Das ist unfair, stänkerte die Blonde, wenn ich nicht gewesen wäre…

Warts nur ab, sagte Dührkamp, komm doch nicht gleich mit der Maximalforderung. Du kriegst schon noch was.

Die Witwe war aufgestanden, sie rieb sich die Glieder.

Jetzt räumen wir erst einmal auf. Dann hol ich uns eine schöne Flasche Rotwein. Wir lassen die Lampen noch brennen, setzen uns an den Tisch, genießen unseren Sieg. Ist ja noch nicht einmal Mitternacht.

Ja, gut. Wo ist der Wein?

In der Küche im Wandschrank. Und bring auch gleich Gläser mit.

Die blonde Anni ging ins Haus, machte Licht, ließ die Tür auf. Man hörte ihre Schritte auf dem Fließenboden der Küche, hörte sie Schränke öffnen und wieder zuklappen. Gläser klirrten. Dann hörte man sie leise ein Liedchen summen. Schließlich kam sie mit einem Tablett heraus, darauf der Wein und die Gläser. Ein paar Salzstangen hatte sie auch noch gefunden.

Na dann setzt euch.

Die drei nahmen in den Gartenstühlen Platz. Dührkamp suchte nach seinen Zigaretten. Die Witwe hatte die Flasche aufgemacht, goss die Gläser voll.

Prosit! Auf unsere Gesundheit.

Das kannst du laut sagen.

Ein paar Minuten waren vergangen, die Flasche war noch nicht leer und in den Gläsern ein Rest geblieben, da sprang die Witwe auf.

Ich find keine Ruhe. Los kommt, wir müssen nachsehen, ob die Kerle auch wirklich hinüber sind. Dann müssen wir die Grube zuschaufeln, die Steine drauf schichten, noch ein bisschen Erde drüber, schließlich ein paar Grasbatzen obenauf...

Ja, lachte Dührkamp, so wächst Gras über die Geschichte. Das ist gut.

Schaff mal die Eimer wieder zur Grube. Hol das Werkzeug aus dem Schuppen, sagte die Witwe zu Arne.

Und du, Anni, räumst den Wein weg. Schütt die Gläser zusammen. Da wird noch ein reichliches halbes zusammenkommen, so hab ich nachher noch einen Gute-Nacht-Trunk.

Wird gemacht, sagte Anni.

Als sie in der Küche dann die Reste aus den Gläsern in ein Glas schüttet, es ergibt tatsächlich ein halbvolles Glas, da zieht sie aus ihrem Gürtel ein kleines dunkles Fläschchen und träufelt ein paar Tropfen in das Glas. Dazu lächelt sie und flüstert: Ich wünsche dir süße Träume...

Dann geht sie auf den Hof, ruft dem Arne zu: Wo ist meine Schaufel?

Hier! Du kriegst die kleinste. Komm, die Alte ist schon hinten.

Als sie ankamen, leuchtete die Witwe gerade mit einer Lampe in den eingestürzten Kellerschacht. Es war ein schauderhafter Anblick.

Sie lagen wie ineinander verknotet und sie waren beide tot. Starre Augen, halboffene Münder, verrenkte Glieder. Dem einen waren die Gabelspieße, die auf dem Boden des Kellers aufrecht einbetoniert worden waren, durch Hals und Brustkorb gedrungen, Gabelspieße, die so scharf und angeschliffen wie Bajonette waren; bei dem anderen schauten die eisernen Spitzen vorn zum Bauch heraus, und sie schimmerten metallisch und silbern, er hatte sie sich im Fallen vom Rücken her nach vorn durch den Leib gerammt. Viel Blut konnte man nicht entdecken. Offenbar waren sie schnell tot gewesen. Die angeschliffenen und geschärften Gabelzinken waren den Beiden in die Leiber gefahren wie ein Messer, das durch Butter gleitet. Lautlos und durch den Aufprall und die Schwerkraft der fallenden der Körper noch befördert. Sie waren schnell gestorben.

Die Witwe seufzte. Jetzt, wo sie die Toten sah, taten ihr die Kerle leid. Ach, die dummen Jungs, so jung und schon hinüber. Noch keine Vierzig. Wären sie nur nicht so blöd gewesen...

Los, rief sie und fuhr sich mit der Hand durchs Haar, eine Andacht können wir nicht halten. Zuerst ein wenig Erde, dann die Bruchsteine. Eine Schicht grobe und größere, dann die zerkleinerten oben drauf. Wie beim Straßenbau. Versteht ihr? Dann wieder Erde. Und noch einmal Steine. Die aber müssen wir wie die Pflastersteine verlegen. So im Bogenmuster. Wir müssen unbedingt verhindern, dass der Untergrund nachsackt. Deshalb die verschieden großen Steine. Oben schließlich noch einmal eine Schicht Erde. Dann säen wir Rasen ein, am Rande ein paar Grasbatzen aus meiner Wiese, zur Stabilisierung, damit es besser hält. Fertig.

Ein richtiges Grabmal.

Ja, und das in meinem Garten.

Als sie die zweifelnden Gesichter sah, sagte sie: Keine Angst. Das ist eine Sache von einer knappen Stunde. Nehmt die Muttererde von dort drüben. Sie zeigte auf einen Erdhaufen. Wenn wir fertig sind, will ich mich zurückziehen, ich bin eine alte Frau und brauch meinen Schlaf. Ihr könnt ja noch ein bisschen reden und was trinken. Bier oder Wein. Egal. Arne, du weißt ja, wo alles ist.

Schläfst du bei deinem Onkel?

Das klang ein wenig misstrauisch und war an die Anni gerichtet.

Ja, wo denn sonst, Tante Hildy?

Na, ich frag ja bloß.

Ich nehm ihn dir schon nicht weg... Anni lachte. Sie nahm die Schaufel.

Sie arbeiteten schnell und ohne Gespräche. Nach einer Stunde waren sie fertig.

Na, denn Gute Nacht.

Ja, ja. Gute Nacht. Räumt bitte noch ein bisschen auf. Werkzeuge in den Schuppen.

Alles klar.

Die Witwe ging zum Haus. Die jungen Leute sahen ihr nach. An der Tür streifte sie sich die Galoschen von den Füßen, betrat die Küche in Socken. Sie seufzte. Komisch, sie musste noch einmal an die toten Jungs denken. Solche Dummköpfe. Dann trank sie das halbe Glas Rotwein aus, gähnte, stieg nach oben. Vor ihrer Kammertür schüttelte sie den Kopf und versuchte die Augen aufzureißen. Verdammt, der Wein ist aber stark gewesen. Es drehte sich ihr alles. Bloß gut, dass es nur ein paar Schritte bis zum Bett sind.

Rumpelstilzchen kniete ihr auf der Brust und kniff sie in den Arm.

Steh auf! schrie der hässliche kleine Zwerg, wirst du wohl aufstehen! Es ist heller Tag. Und all dein Gold, das wir aus dem Stroh gesponnen haben, ist verschwunden. Diebe! Diebe haben es genommen.

Wach auf! Hildy wach auf!

Aber sie konnte ihre Augen nicht öffnen. Sie schienen wie zugeklebt.

So steh doch auf! Es ist gleich Elfe!

Halt! Das war eine andere Stimme. Die kannte sie. Hatte sie geträumt?

Endlich bekam sie die Augen auf. Das Bäuerlein Willi stand neben ihrem Bett und rüttelte sie am Arm.

Willi!? Was willst du hier? Wie bist du hereingekommen?

Hildy! Hildy! schrie das Bäuerlein, wo ist meine Anni?

Welche Anni? Die Witwe war noch nicht richtig wach. Sie verstand nicht.

Na, meine Anni, die Kleine. Meine Nichte. Sie ist gestern Nacht nicht nach Hause gekommen. Ich kann sie nicht finden. Das hat sie noch nie gemacht, abzuhauen und mir nichts zu sagen. Ist sie bei dir?

Bei mir?

Wo soll sie sonst sein?

Mach doch bitte keine Panik. Vielleicht liegt sie oben bei meinem Arne? Zuzutrauen wär es ihr. Ich hatte sie extra gefragt, ob sie zum Schlafen zu dir ginge. Da hast sie „Ja" gesagt. Aber die jungen Dinger, die brauchen einen Kerl. Die nehmen auf so eine Alte wie mich keine Rücksicht...

Du meinst, sie wäre oben bei deinem Hausgast?

Wäre möglich?

Der ist aber auch noch nicht aufgestanden. Ich hab ihn nicht gesehen. Weißt du wie spät es ist? Schau bitte auf deinen Wecker.

Was?? Viertel nach Elf. Verdammt. Habe ich solange geschlafen? Wieso bin ich nicht früher aufgewacht? Es war der Wein. Kurz vor dem Schlafengehen das halbe Glas Wein. Es muss der Wein gewesen sein...

Oh, tut mir mein Kopf weh! Die Witwe hielt sich die Schläfen.

Das Bäuerlein wurde ungeduldig: Na, nun steh schon auf. Ich geh schon mal runter und mach dir einen Kaffee.

Ja, Willi, geh schon runter. Ich komm gleich... und dann schauen wir nach dem Arne. So ein Kerl. Nach Elfe noch im

Nest zu liegen... und dann noch mit deiner Nichte. Verdammte Schweinerei.

Willi hatte Kaffee bereitet. Er wusste, wo alles zu finden war.

Die Witwe trank in aller Eile den Kaffee, natürlich schmeckte er scheußlich.

Mensch, was hast du denn da aufgebrüht?

Sie biss in ein Brötchen, legte es weg. Pfui! Sie spuckte die Hälfte aus. Wischte sich mit der Schürze über den Mund.

Hab einen Geschmack im Mund, als hätt ich Mäusedreck gefressen. Der Wein muss schlecht gewesen sein. Ja, bestimmt. Oder hat mir einer was rein gemischt? Aber wer? Nein, das ist unmöglich.

Komm, wir gehen rauf zu dem Himmelhund. Der kann was erleben. Und deine Anni kannst du gleich mitnehmen. So ein Pack. Keine Dankbarkeit. Auf die kann man sich nicht verlassen. Und eine Moral, dass einem schlecht wird. Und sie erinnerte sich an ihr Gespräch mit der blonden Studentin in der Nähe vom Rosengarten. Alles umsonst.

In schnellem Schritt, gefolgt von dem Bäuerlein, überquerte sie den Hof. Die Holzstiege hinauf zur Kammer des jungen Mannes stieg sie, ohne zu keuchen, aber mit einem immer stärker werdenden Gefühl der Angst. Willi krackselte hinter ihr her wie ein Bergsportneuling seinem Vorsteiger. Er hielt sich links und rechts, mit beiden Händen also, an dem krummen, abgegriffenen Holzgeländer fest. Die Stangen summten und vibrierten leise. Mit dem Fuß stieß die Witwe die Tür zur Kammer auf. Sie hatte es erwartet. Trotzdem erschrak sie. Das Dachstübchen war leer. Das Bett ordentlich gemacht, Schrank und Kommode leer. Nur ein Kamm lag auf einem trockenen Waschlappen auf dem Nachtschränkchen.

Ausgeflogen! rief das Bäuerlein, als er hinter der Witwe das Kämmerchen betrat. Kein Schwein da! Sieh mal an.

Die Witwe atmete schwer. Jetzt erst zeigte sich die Anstrengung des Treppensteigens. So ein Lump! presste sie hervor. Das ist nun der Dank.

Plötzlich zuckte sie zusammen. Ihr war ein fürchterlicher Gedanke gekommen.

Du kannst rüber zu dir gehen, Willi, ich muss noch was nachsehen.

Sie trampelte, ein wenig breitbeinig, den Blick konzentriert auf die Treppenstufen gerichtet, und in großer Hast die Stiege herunter, hielt sich nur ab und zu, um die Balance zu behalten, am Geländer fest. Andauernd dachte sie: So ein Lump! Und ich Kamel hab ihn durchgefüttert. So ein Undank! Und ich hab ihm geholfen, seine Verfolger loszuwerden. Oh ich dummes Kalb... ich Eselin... ich selten dämliche Kuh.

Sie kam aus der Tür geschossen, rotgesichtig, wütend, eine Furie. Rannte mehr als dass sie lief um die Hausecke, hinter zu der Jauchengrube. Sie hatte eine ihrer Galoschen verloren, trat also mit einem Bein barfüßig auf. Aber, sie merkte es nicht, spürte es nicht.

Sie sah es gleich, obwohl es bis zur Grube nach ein paar Meter waren: Die weißen Plastikbehälter lagen leer, wie weggeworfen neben der Jauchengrube. Das Geld! dachte die Witwe und das Herz krampfte ihr in der Brust. Das Geld! Sie haben das Geld mitgenommen. Oh diese Lumpen. Das ist die Kleine gewesen. Sie hat ihn angestiftet. Von alleine wäre ihr Arne nicht auf solche Idee gekommen...

Sie trat auf die leeren Behälter zu, untersuchte sie, ob man ihr nicht noch ein Bündel Geldscheine dagelassen hätte. Natürlich nicht. Alles leer. Die Behälter verströmten einen intensiven, beißenden Geruch. Wütend stieß die Witwe mit dem Fuß dagegen. Mit einem dumpfen Ton rollten sie zur Seite.

Ja, das ist dieses blonde Miststück gewesen, dachte sie weiter. Die hat ihn dazu gebracht... Sie ist es gewesen! Sie hat mir irgendetwas in den Wein gemixt. Sie war ja die letzte, die ihn in der Hand hatte. Ja, so war es! Ich sollte ausgeschaltet werden. Ich musste eingeschläfert werden. Oh, diese Schlange. Ach hätte ich sie nur... und ihr fiel die Marderschlinge ein... Und nun? dachte sie. Was wird nun? Jetzt bin ich wieder allein. Allein, mit zwei Leichen unter einem

Steinhaufen. Allein. Ohne Geld. Allein. Ihr Blick fiel auf die Hinterfront ihres Hauses. Ein einsames Haus!

Jetzt brauchte sie einen Schnaps. Sie raffte sich auf, stapfte um ihre Hausecke auf ihre blaue Tür zu, das Bäuerlein war, folgsam und ohne Widerspruch, auf seinen Hof zurück gegangen.

In diesem Moment schrillte, dünn aber durchdringend, die Hausglocke vorn an der Gartenpforte.

Wer kann das sein? Die Post? Oder sollte der Benedikt...?

Im Laufen wischte sie sich die Hände ab, roch daran. Ein bisschen riechen sie noch. Na und? Wir sind hier auf dem Lande.

Vor der Gartenpforte standen ein Mann und eine Frau. Sie wusste gleich: Das war die Polizei, die Kripo. Wie hieß er noch? Ah, Oberkommissar Herrgesell und seine hübsche Kollegin Herzberg.

Sie öffnete, lächelte. Oh, der Herr Oberkommissar... Herr-gesell, nicht wahr?

Derselbe, sagte der Polizist und nickte freundlich.

Und das ist Ihre Kollegin, die Frau... Frau
Herzberg,
Genau, die Frau Herzberg.

Treten sie ein. Sie öffnete die Pforte, trat zur Seite, strich sich noch einmal mit den Händen über die Schürze.

Man gab sich die Hand.

Wir kommen, liebe Frau Heinz, begann der Oberkommissar, kaum dass die Pforte hinter ihm geschlossen war, kommen nochmal wegen ihres Nachbarn Reukschat.

Ja, ja, sie hatte das ja schon angekündigt.

So ist es. Jetzt haben wir in dieser Sache noch ein paar Fragen. Und wir würden gern noch eine Art Ortsbesichtigung machen.

Eine Ortsbesichtigung?

Ja, nichts weiter, Frau Heinz, keine Angst. Wir würden gern einmal sehen, wie man das Haus des Reukschat von ihrem Grundstück aus einsehen kann. Was man von ihnen aus hören kann, wenn da drüben gesprochen wird. Meine Kollegin wird dazu kurz hinüber gehen, etwas reden, rufen... nur damit wir uns ein Bild machen, sozusagen. Verstehen Sie?

Ja, ich verstehe. Na da kommen Sie mal.

Die Witwe führte den Oberkommissar und seine Kollegin hinters Haus. Dabei vermied sie es an dem ehemaligen Apfelkeller, dem jetzigen Grabmal, vorbei zu gehen. Sie machte einen kleinen Bogen. Zwanzig Meter weiter sah man die leeren Plastikbehälter im Grase liegen. Der Blick auf die Jauchengrube selbst war durch hohe Brennnesseln versperrt.

Als sie angelangt waren, es war nahe der Geflügelställe, Hühner liefen pickend und leise gackernd umher, da schaute sich der Oberkommissar verwundert um.

Da haben Sie uns aber einen ganz schönen Bogen geführt, Frau Heinz? sagte er nachdenklich. Dort an dem kleinen Hügel vorbei wäre es kürzer gewesen. Er zeigte mit dem ausgestreckten Arm zu dem Grabhügel.

Das Herz der Witwe klopfte schnell. Nur nichts merken lassen, dachte sie, ganz locker und natürlich bleiben.

Ja, ich weiß, sagte sie, antwortete vielleicht ein bisschen zu hastig, aber da gibt es ein paar nasse Stellen. Ich wollte nicht, dass sie sich die Schuhe schmutzig machen... Die Frau Herzberg runzelte die Stirn, sie lächelte still.

Also hier wäre die Stelle, fuhr die Witwe fort, von wo aus man das Haus des Herrn Reukschat am besten sehen kann.

Die Polizisten traten auf der Stelle, liefen ein paar Schritte nach rechts, dann nach links, nahmen die Hände vor die Augen, machten mit den Fingern das Kamera-Viereck. Hm, ja, das könnte sein. Von hier aus. Hm.

Sagen Sie, Frau Heinz, dürfen wir uns noch ein bisschen umsehen?

Aber bitte, antwortete die Witwe unsicher. Fühlen Sie sich wie zu Hause.

Ja, wissen Sie, ich glaube nämlich, sagte der Oberkommissar und zeigte wieder auf den kleinen Hügel, wo bis gestern noch der Apfelkeller gewesen war, dass man von dort auch ganz gut sehen kann.

171

Kommen Sie Kollegin Herzberg, das wollen wir uns ansehen.

Der Witwe klopfte das Herz zum Zerspringen.

Der Oberkommissar und seine Kollegin gingen geradewegs auf das Grabmal zu. Davor blieben sie, alles genau musternd stehen.

Haben Sie hier etwas vergraben?

Nein, wieso?

Das sieht hier so frisch aus. Sind wohl Ihre Schätze vergraben?

Schätze?! Herr Oberkommissar treiben Sie keine Scherze mit einer alten Frau. Ja, da haben wir erst gestern etwas daran gemacht. Wissen Sie, das war mein alter, ehemaliger Wein- und Apfelkeller. Aber er drohte einzustürzen und genutzt hab ich ihn sowieso nicht mehr. Da haben wir ihn gestern befestigt und zugeschüttet. Damit nichts passiert.

Ach so. Sie sagten - *wir*?

Nun, ich bin ja alleine. Aber die Nachbarn helfen mir immer ein wenig.

Die Nachbarn? Der Herr Reuschat steht ja nun nicht mehr zur Verfügung.

Ja, es ist mir nur der Willi, ein Bauer, geblieben. Der hat mir geholfen.

Der Oberkommissar nickte. Gut, in Ordnung.

Er versuchte den kleinen Hügel zu erklimmen. Er lachte: Von oben sieht man wahrscheinlich am besten.

Kommen Sie, rief er, helfen Sie mir.

Seine Kollegin Herzberg reichte ihm die Hand…

Halt! Vorsicht! schrie die Witwe, da ist noch alles frisch, muss sich erst setzen. Wenn da was einstürzt, brechen Sie sich alle Knochen, Herr Oberkommissar. Kommen Sie lieber wieder runter. Sie können ja nächste Woche nochmal kommen, da hat sich dann alles gesetzt und verfestigt.

Die Witwe sprach mit äußerster Anstrengung. Jeden Augenblick, dachte sie, werde sie umfallen. Mein Blutdruck! Oh Gott, mein Blutdruck wird am Limit sein. Sie fühlte wie ihr Herz rasend schnell schlug.

Geht es Ihnen nicht gut? fragte die Polizistin.

Nein, nein, es ist nichts. Man ist eben keine Dreißig mehr.

Die Polizistin warf der Witwe einen besorgten Blick zu, dann sagte sie zu ihrem Oberkommissar. Kommen Sie lieber wieder herunter, die Frau Heinz hat recht, schauen Sie dort bilden sich schon Risse. Sie zeigte auf den Rand des kleinen Hügels, wo die Erde etwas weggerutscht war und sich ein Spalt gebildet hatte.

Der Oberkommissar schaute zu dieser Stelle.

Gut, geben Sie mir die Hand, ich komme wieder runter.

Als er wieder auf ebener Erde stand, trat er einen Schritt nach rechts, dorthin, wo sich die Erdspalte aufgetan hatte. Er bückte sich, polkte mit dem Finger in der Erde, machte ein ernstes Gesicht.

Ja, Frau Heinz, da will ich Ihnen keinen Schaden machen.

Kommen Sie doch bitte ins Haus, schlug die Witwe, die sich wieder gefasst hatte, vor. Da können Sie Ihre Fragen loswerden. Und ich spendiere Ihnen einen selbstgemachten Likör.

Wir sind im Dienst, liebe Frau Heinz.

Ach was, einen kleinen Likör werden Sie mir nicht abschlagen. Der tut niemandem was. Kommen Sie nur. Nachher können sie von der ersten Stelle aus noch Ihre Experimente machen.

Sie gingen zum Haus. Der Oberkommissar schaute sich noch ein paar Mal um und schüttelte den Kopf. Mit diesem Hügel, dem ehemaligen Apfelkeller, stimme irgendetwas nicht, dachte er. Er wusste nicht was es war, aber er hatte so ein ungutes Gefühl.

Er blieb stehen, hielt die Witwe am Arm fest, fragte: Sagen Sie, ist ihr alter Apfelkeller in den Bauplänen des Grundstückes verzeichnet?

Das weiß ich nicht.

Hätten Sie da nicht beim Bauamt anfragen müssen, wenn Sie etwas verändern? Wie alt ist ihr Grundstück? Vielleicht ist der Apfelkeller so eine Art Denkmal? Sie sollten sich mal erkundigen. Nicht, dass Sie noch Ärger kriegen?

Gut. Das werde ich machen, werde mal nachfragen. Man kann ja nie wissen.

Sie gingen ins Haus, das sie mit angenehmer Kühle und einem Geruch nach Äpfeln und vergorenem Obst empfing.

Wo lagern Sie denn jetzt all Ihre Äpfel? fragte der Oberkommissar, dem, das konnte man sehen, die ganze Sache immer noch keine Ruhe ließ.

Die Witwe antwortete nicht, stattdessen sagte sie schnell:

Sie werden von meinem Pflaumenlikör begeistert sein...

ജ